ORQUÍDEAS
A LA LUZ DE LA LUNA

CARLOS FUENTES

ORQUÍDEAS
A LA LUZ DE LA LUNA

Comedia Mexicana

Seix Barral ⚲ Biblioteca Breve

Cubierta: Elisa Anechina y Jaume Bordas

Primera edición: junio de 1982
Segunda edición: noviembre de 1982
Tercera edición: noviembre de 1988

© 1982: Carlos Fuentes

Derechos exclusivos de edición en castellano
reservados para todo el mundo:
© 1982 y 1988: Editorial Seix Barral, S. A.
Córcega, 270 - 08008 Barcelona

ISBN: 84-322-0447-1

Depósito legal: B. 39.092 - 1988

Impreso en España

1988. — Talleres Gráficos DUPLEX, S. A.
Ciudad de la Asunción, 26 - 08030 Barcelona

ORQUÍDEAS A LA LUZ DE LA LUNA

Personas

MARÍA

DOLORES

EL FAN

Esclavas nubias
Mariachis

Escena

Venice, el día de la muerte de Orson Welles

ORQUÍDEAS A LA LUZ DE LA LUNA

fue representada por primera vez en lengua inglesa en el Loeb
Drama Center del American Repertory Theater, dependiente
de la Universidad de Harvard, Cambridge, Mass., el 9 de
junio de 1982, de acuerdo con el siguiente

REPARTO

MARÍA	Rosalind Cash
DOLORES	Ellen Holly
EL FAN	Frank Licato

Dirección de escena: Joann Green
Dirección artística: Robert Brustein
Decorados: Elaine Spatz-Rabinowitz
Trajes: Nan Cibula

NOTAS PARA LA REPRESENTACIÓN

1)   Ambas mujeres serán de una edad indefinida, entre los treinta y los sesenta años. En ciertos momentos, se acercarán más a la primera edad; en otros, a la segunda. A lo largo de la pieza, DOLORES vestirá como una campesina mexicana estilizada: trenzas reunidas sobre la cabeza, listones y moños color de rosa, buganvillas en las orejas, traje pueblerino, de percal, botines y rebozo. MARÍA, en cambio, mudará varias veces de ropa. El tipo físico de las mujeres no será predeterminado. Idealmente, los papeles serán interpretados por las actrices María Félix y Dolores del Río. Aun más idealmente, una y otra alternarían en los papeles. En ausencia de ellas, pueden ser interpretados por actrices que se asemejan a los modelos: altas, esbeltas, morenas, con notable escultura ósea, sobre todo facial: pómulos altos y brillantes, labios sensuales, risas y cóleras prontas, barbillas desafiantes, cejas en combate. Esto no impide la perversión, en caso necesario, de que los papeles sean interpretados por dos mujeres sonrosadas, rubias y regordetas. En

última instancia, y en ausencia de todas las posibilidades anteriores, los protagonistas pueden ser dos hombres.

2)   El escenario ha de ser concebido como un territorio compartido aunque en disputa permanente entre las dos mujeres. MARÍA se identifica con el estilo de ciertos objetos y decorados: pieles de oso blancas, un diván de satín blanco, un muro de espejos. DOLORES hará hincapié en su posesión de muebles mexicanos rústicos, flores de papel y alcancías de barro en forma de marranitos. Cada una poseerá, en partes opuestas del escenario, una especie de pequeño altar votivo en homenaje a su persona: fotos, carteles de viejas películas, estatuillas y otros premios. El territorio común sería un vasto almacén de ropa al fondo del escenario, formado por vestuarios móviles como los que se encuentran en hoteles y recepciones. Allí cuelgan todas las ropas imaginables, de la crinolina al sarong y del traje de china poblana a la última moda de Emmanuel Ungaro. Son todos los trajes que las dos actrices han utilizado en la pantalla a lo largo de sus largas carreras. A la izquierda abajo hay una puerta de aspecto metálico, casi carcelario. Al centro, adelante de los vestuarios, un excusado blanco con un teléfono blanco encima de la tapa.

ACTO ÚNICO

Zona iluminada: centro abajo. Dolores sentada
junto a una mesa colonial de nogal rubio, cubierta por
un mantel de papel recortado y un servicio de loza de
Tlaquepaque, flores de papel y una jarra de agua fres-
ca. Dolores mira intensamente al público durante
treinta segundos, primero con cierto desafío, arqueando las cejas; pero paulatinamente pierde su seguridad,
baja la mirada, mira a izquierda y derecha como si
esperase la llegada de alguien. Al cabo, con manos
temblorosas, se sirve el té en una taza, la levanta
para beber, vuelve a mirar al público, primero, de
nuevo, con desafío, en seguida con terror. Desvalida,
deja caer la taza con estrépito y sofoca un grito
agudo, en el que la teatralidad es ahogada por un
llanto auténtico. Repite varias veces el gemido,
echada hacia atrás en la silla, llevándose una mano a
la frente, tapándose la boca con la otra, temblando.
De entre los vestuarios del fondo aparece, lentamente
pero con una enorme tensión contenida, moviéndose
como una pantera, María. La melena oscura le cae

sobre el cuello de pieles de un batón de brocados espesos, que parece copiado del atuendo del zar en *Boris Godunov*. MARÍA avanza hacia DOLORES adoptando un aire de pragmatismo; se acomoda la melena, se ciñe el batón y abraza por detrás a DOLORES. DOLORES responde al abrazo de MARÍA, acariciándole las manos y tratando de acercar su rostro al de la otra mujer.

MARÍA: Es muy temprano. ¿Qué te pasa?

DOLORES: No me reconocieron.

MARÍA: ¿Otra vez?

DOLORES: Estuve sentada aquí, tomando mi desayuno, más de media hora, y no me reconocieron.

> MARÍA *suspira y se hinca a recoger la taza y el plato del desayuno de* DOLORES. *El temblor desvalido de la voz de* DOLORES *se desplaza hacia un ligerísimo tono de supremacía. Ha bastado para ello la presencia de* MARÍA.

DOLORES: Antes sí, antes me reconocían.

MARÍA: ¿Antes?

> DOLORES *mira con escarnio a* MARÍA *hincada.*

DOLORES: Me pedían autógrafos.

MARÍA: Ant●

DOLORES: No podía salir a un restorán sin que se juntara una multitud a mirarme, a desnudarme con sus miradas, a pedirme autógrafos, sí...

MARÍA: No hemos salido.

> DOLORES *mira con una interrogación muda a* MARÍA.

Quiero decir que estamos solas.

DOLORES: ¿A dónde?

MARÍA: Aquí. En nuestro apartamento. Nuestro apartamento en Venice.

> *Pronuncia el nombre propio con una atroz mímesis inglesa: Ve-Nice, Vi-Nais.*

DOLORES (*corrigiéndola con paciencia*): Vé-nice, Vé-Niss. ¿Cómo dices Niza en francés?

MARÍA: Nice.

DOLORES: Pues ahora añades una Ve. Ve-Nice.

MARÍA: El punto es que estamos solas aquí y no hemos salido. No te me vayas por los cerros de Úbeda.

> *Asombro de* DOLORES. *Se agacha para acercarse al rostro de* MARÍA.

DOLORES: ¿No los ves allí enfrente, sentados, mirándonos?

MARÍA: ¿Quiénes?

13

*DOLORES extiende dramáticamente el brazo hacia
el público. Pero su voz lastimada y secreta no
coincide con sus palabras.*

DOLORES: Ellos. El público. *Nuestro* público. Nuestro
público fiel que ha pagado con platita contante y
sonante para vernos y aplaudirnos. ¿No los ves
sentados allí frente a nosotras?

*MARÍA ríe, se interrumpe para no ofender a DOLO-
RES, le empieza a quitar las sandalias indígenas
y menea la cabeza.*

MARÍA: Debemos vestirnos.
DOLORES: Yo ya estoy lista.
MARÍA: No. No quiero que vuelvas a salir descalza.

Acerca la mejilla al pie desnudo de DOLORES.

Te hiciste daño la última vez.
DOLORES: Una espina. No es nada. Tú me la sacaste.
Me gusta tanto que me cuides.

*MARÍA besa el pie desnudo de DOLORES. DOLORES
acaricia la cabeza de MARÍA.*

DOLORES: ¿A dónde me vas a llevar hoy?
MARÍA: Primero prométeme que no volverás a salir
descalza. No eres una india de Xochimilco. Eres
una señora respetable que puede lastimarse los
pies si sale descalza a las calles. ¿Prometido?

DOLORES (*asintiendo*): ¿A dónde me vas a llevar hoy?

MARÍA: ¿A la playa?

DOLORES: ¡Ah no, eso sí que no! Nosotras sólo nos asoleamos a la luz de la luna!

MARÍA: ¿Qué prefieres?

> *Comienza a calzarle unos botines anticuados a*
> DOLORES.

DOLORES: A los estudios ya no.

MARÍA: ¿A la cinemateca?

DOLORES: No, no. Es lo mismo. No nos reconocen. Dicen que no somos nosotras.

MARÍA: No importa. No tenemos por qué anunciarnos.

DOLORES: Es que no nos dan el trato de antes, no nos reservan los asientos de honor, nada...

MARÍA: Te digo que no importa. Nos sentamos en la oscuridad y nos vemos en la pantalla. Eso es lo importante.

DOLORES: Pero ellos no nos ven a nosotras ahora.

MARÍA: Mejor. Así nos vemos como nos ven los demás. Antes no podíamos, ¿recuerdas?, antes estábamos divididas, mirándonos en las pantallas como nosotras mismas mientras el público se dividía, preguntándose: ¿Las miraremos en la pantalla o las miraremos mirándose a ellas mismas en la pantalla?

DOLORES: Yo creo que los más inteligentes preferirían mirarnos mientras nos mirábamos a nosotras mismas.

María: ¿Sí? Dime por qué.

Dolores: Pues porque la película podían volverla a ver, muchas veces inclusive, y muchos años después del estreno. En cambio, a nosotras sólo esa noche podían vernos, la noche de la *première*, ¿recuerdas?, Wilshire Boulevard...

María: Los Campos Elíseos...

Dolores: Los reflectores, los fotógrafos, los cazautógrafos...

María: Nuestros escotes, nuestras perlas, nuestros zorros blancos.

Dolores: Nuestros fans.

María (*interrumpida en su ensoñación*): ¿Nuestros elefantes?

Dolores (*suficiente*): No, nuestros admiradores, nuestros fanáticos, f-a-n-s.

María: Perdón, yo no soy pocha.

Dolores: Ah, me envidias mi Hollywood, siempre fue así.

María: Oye, yo nunca tuve que disfrazarme de india comanche y hablar inglés. ¡Ni lo mande Dios! Además, ¿cómo te voy a envidiar algo que no existe? Mi éxito fue en París, señorita, eso sí que existe, desde hace dos mil años. Usted asómese a la ventana y dígame nomás dónde está Hollywood. Llevamos veinte años aquí de...

Dolores (*apremiada*): Shhh, shhhh. Olvida Hollywood, olvida París, recuerda donde vivimos ahora, tenemos Venice...

María (*frenándose, cerrando los ojos*): Siempre tendremos Venecia.

Dolores: Si asomas la cara por la ventana verás el Gran Canal, sí, el paso de las góndolas y las lanchas motor, aquí desde nuestro apartamento en el Palazzo Mocenigo que fue el palacio de Lord Byron en Venecia, asómate, dime si tengo razón.

María (*sin abrir los ojos*): Sí, tienes razón. Estamos en Venecia. Siempre tendremos Venecia.

Dolores (*alegre*): ¿Qué más quieres? ¿Quieres más?

María (*sin abrir los ojos*): No. Este es un buen lugar para morir. No quedan huellas sobre el agua. La ciudad entera es un fantasma. No nos pide pruebas de que existimos. Aquí no sabremos nunca si hemos muerto o no. Venecia.

Dolores: Bueno, eso está aclarado. Entonces nadie nos puede ver, ¿verdad? Tengo razón.

María (*abriendo los ojos*): Te digo que hoy nos vemos como nos ven los demás, en la pantalla, nosotras sentaditas entre los demás, muy decentes y bien peinadas, ¿no?

> María *deja de calzar a* Dolores *y se levanta, visiblemente irritada, toma un purito negro y lo enciende.* Dolores *la observa con curiosidad.*

Dolores: Cómo te irritan tus propios sueños.

María: Pesadillas contigo.

Dolores: Mejor no vuelvas a cerrar los ojos nunca. Te ves tan indefensa, pobrecita.

17

MARÍA (*ríe*): A comportarse, señora, le digo. Se acabó la época de andar jugando a la circasiana veleidosa. Ya no somos lo que fuimos. Ahora somos gente decente y mayor. No lo olvide usted.

> DOLORES *se retrae, termina de calzarse los botines, con premura y precisión, mientras* MARÍA *deja caer el puro encendido en la tetera del desayuno de* DOLORES *sin que ella se percate.*

MARÍA (*con desplante*): Se acabó la órgia, Bórgia.

> *Se dirige velozmente al fondo y escoge un atuendo de pantalón y saco verde esmeralda. Mientras se viste,* DOLORES *termina de calzarse. Luego toma un espejo de tocador de estilo rococó y busca mirar el reflejo de sus pies como otras mujeres buscan el de su arreglo facial.*

DOLORES: No tienes por qué cantarme la cartilla. Yo siempre fui gente decente.

MARÍA: Pues yo no y no me arrepiento.

DOLORES: No es cuestión de arrepentirse. Nadie escoge su cuna.

MARÍA: Ni tampoco su cama.

DOLORES: ¿Tú crees?

MARÍA (*ríe*): Si en mi vida me he acostado en cien camas, nomás habré escogido diez.

DOLORES: ¿Y las otras noventa?

MARÍA (*directamente*): Se llamaron hambre, ambición o violencia.

18

Aparece vestida, da una vuelta como de modelo profesional.

MARÍA: ¿Qué tal?

DOLORES: Divina. Pareces un espárrago de lujo.

MARÍA (*ríe y se dirige a su muro de espejos*): Me visto del color de tu envidia, queridita, para ahorrarte esfuerzos mentales. No te me marchites, buganvilla.

> *Frente al muro, se pone las joyas. Predomina el tema serpiente: los brazaletes, los anillos, el collar como una cobra enroscada a la garganta de* MARÍA.

DOLORES: ¿Quién te regaló esas joyas? ¿Tu amante o tu marido?

MARÍA (*desplante supremo*): Los dos.

DOLORES: No me has dicho a dónde me vas a llevar.

MARÍA: Adivina.

DOLORES (*súbitamente aterrada, deja de observar sus propios pies en el espejo*): No... otra vez... ¿otra vez?... No... tú no...

MARÍA: Tienes razón. Cuando me veas vestida de negro, es que no vamos a un entierro.

DOLORES (*violenta*): Dame el periódico.

> *Extiende la mano. Deja caer el espejo. El vidrio se rompe. Reacción lenta de* MARÍA: *cólera sofocada, resignación caricaturesca.*

MARÍA: Siete años de mala suerte. Qué bueno que no los viviremos. Aunque ésa sería la mala suerte: seguir aquí juntas siete años más.

DOLORES: No cambies el tema. Dame el periódico.

MARÍA: ¿Para qué? Te sabes su vida de memoria.

DOLORES: No es eso. Es por Mamá.

MARÍA: ¿Mamá?

DOLORES: Eres muy descuidada. Dejas el periódico olvidado en cualquier parte, en el excusado, entra Mamá a... entra Mamá y lo lee.

MARÍA: ¿Y qué?

DOLORES: Ya sabes que no soporta enterarse de las muertes ajenas. Te he dicho que...

MARÍA: ¿Ajenas? Oye chiquita, ni modo de que lea el periódico para enterarse de su propia muerte. Mamá es dura de pelar, pero no tanto.

DOLORES: Te he dicho que hagas trizas el periódico y lo eches por el retrete. Mamá...

MARÍA: Dudo que se sobreviva a sí misma.

DOLORES: No, algo más doloroso, puede sobrevivirnos a ti y a mí, a nosotras.

MARÍA (continúa): Aunque quién sabe; hasta en eso nos puede ganar la muy taimada: no sobrevivirnos, sino sobrevivirse. Hay madres así.

DOLORES: Shhhh, que no te oiga, por favor, ¿qué tal si...?

MARÍA: Te digo que no te preocupes. En esta ocasión el muerto es más joven que Mamá.

DOLORES (con alivio): Ah, entonces ella se alegrará.

MARÍA: Seguro. Que se entere. No es a ella a quien le debía doler, sino a ti.

DOLORES (*desamparada*): ¿Lo conocí?

MARÍA: Qué segura estás de que era un hombre.

DOLORES: ¿*La* conocí, entonces?

MARÍA: Correcta la primera vez, reprobada la segunda.

DOLORES: *Lo* conocí. (*Perturbada.*) No me platiques más. No quiero saber más. Déjame imaginar. (*Se incorpora.*) Me deprime saber que un antiguo amante muere antes que yo. Van a pensar que era más viejo que yo. Y yo nunca he tenido un amante más viejo que yo. No seré la viuda de nadie. A todos mis hombres les dije: Nuestra vida comenzó en el instante en que nos conocimos. (*Camina hacia el diván blanco.*) Voy a descansar. Tráeme unos algodones para los ojos, por favor.

> *Se recuesta en el diván blanco.* MARÍA *le ofrece los algodones.* DOLORES *se cubre los párpados cerrados con ellos.*

DOLORES: Tú, ¿no quieres reposar antes de salir?

MARÍA: No me hace falta.

DOLORES: Perdón. Se me olvidaba. ¿Cuántos meses pasaste en la cura de sueño en Suiza?

MARÍA (*con un enojo frío*): No fue sueño, ya te lo dije. Fue pesadilla. Tuve la pesadilla de que llevo un chorro de años cuidándote, viendo que los lunes, miércoles y viernes te pases el día a oscuras, acostada y con algodones en los faroles...

DOLORES: Qué curiosa manera de hablar. Lo que es la mala educación.

MARÍA: Cállate. Viendo que los martes y jueves te lo pases dentro de una tina de baño llena de cubitos de hielo, cuidándote, tú cuidándote y yo acabándome la vida para que los sábados y domingos te pueda soltar y salgas como una gacela a correr por los prados, a que todos digan, ¿cómo le hará?, ¡si debutó en 1925!, ¡si bailó con don Porfirio!, ¡si la bautizó Motolinia!, ¡si aprendió el español junto con la Malinche!

DOLORES (*fríamente*): Me fatigo mucho. Ya sólo salgo los domingos, a almuerzos de campo. Nunca más de noche. Tú lo sabes, Mariquita linda.

Pausa.

A ti tampoco te reconocen.

MARÍA *permanece fría, estatuaria, de pie ante sus espejos.*

MARÍA: Insúltame.

Silencio de DOLORES.

Anda. Te doy permiso. Véngate de mí.

Obstinado silencio de DOLORES.

22

Dime lo que gustes. Usa esos nombres de melcocha que tánto detesto, dime Mariquita linda, Marucha, Marujita, Mariposa, María bonita, Marujita, dime...

DOLORES: María Félix.

> *Inmovilidad de* MARÍA. *Luego un temblor de gratitud. Da media vuelta. Deja de mirarse en el espejo. Mira a* DOLORES, *acostada y con los ojos tapados. Se acerca a ella.*

MARÍA: ¿De verdad? ¿Tú lo crees?

> DOLORES *asiente.*

¿No me engañas? ¿No me adulas?

> DOLORES *niega.*

Para ti, ¿soy... ella?

> DOLORES *se incorpora con los ojos cegados como un Edipo femenino. Extiende las manos en un gesto de beatitud.* MARÍA *se arroja en sus brazos. Los algodones continúan cegando la mirada de* DOLORES.

MARÍA: ¿La hermosísima María Félix?

> DOLORES *acaricia la cabeza de* MARÍA.

DOLORES: La muerta más joven y bella del mundo, una muerta a caballo, en los brazos de su amante

23

el garrido charro, rumbo al peñón de las ánimas...

MARÍA: ¿Recuerdas? El terror del llano, la bellísima y tremenda Doña Bárbara...

DOLORES: "Dicen que es una mujer terrible, capitana de una pandilla de bandoleros, encargados de asesinar a mansalva a cuantos intenten oponerse a sus designios".

MARÍA (*de pie, abandonando el abrazo ciego de* DOLORES): Yo, la devoradora, yo, la bandida, yo la monja alférez, yo, la china poblana, yo, la cucaracha.

DOLORES: La mujer sin alma. Te sobraban unos kilitos.

> MARÍA *se acerca a* DOLORES *y le arranca los algodones de los ojos.*

MARÍA: Mira. Mira bien. Una diosa no envejece.

DOLORES: Ni siquiera la diosa arrodillada.

MARÍA: No. Cuando tenga noventa años, saldré a la calle vestida igualitito a como ahora me ves, muy arreglada, muy emperifollada y seria, y cuando los niños me vean dirán: "¡Es ella, es ella!" y yo los dispersaré así, a bastonazos, escuincles fisgones, chamaquillos de porquería, ¿qué me miran?

> *Se detiene con un desplante de orgullo.* DOLORES *aprovecha la pausa para decir apresuradamente:*

DOLORES: Dime, ahora dime tú a mí todo lo que yo fui en Hollywood, ave del paraíso, Carmen...

> *Ahora es* MARÍA *quien se obstina en el silencio.*

24

Madame Du Barry...

MARÍA regresa a su espejo.

Ramona.

MARÍA: Ah sí, esa la vi de niña en Guadalajara.

Se mira a sí misma en el espejo.

DOLORES: ¿Me viste?

MARÍA: La vi a *ella*. Sí. La vi.

Larga pausa. Deja de observarse en el espejo, con un suspiro.

MARÍA: Creo que después de todo me cambiaré para ir al entierro de tu antiguo amante, si así puede llamársele.

DOLORES: ¿Quién? ¿Quién fue?

MARÍA desaparece entre los vestidores nuevamente.

MARÍA: ¿Cómo quieres que yo lo sepa? Todo eso sucedió antes de que yo naciera. Me lo contó Mamá. Pregúntaselo a ella.

DOLORES: ¡Shhh! Que no te oiga. Ya sabes que...

MARÍA: ¡Ja! Me lo contó con orgullo, la muy bemba.

DOLORES: ¡María! Es nuestra madre.

MARÍA: Te puso como ejemplo. ¿Por qué se ha mantenido tan bien Lolita, tan joven, tan a-pe-ti-to-sa?

DOLORES: Nuestra progenitora...

25

MARÍA: Porque nadie la ha tocado.

DOLORES: La autora de nuestros días.

MARÍA: Es decir, no es que sea virgencita, no...

> DOLORES *se abraza angustiada a sí misma y prosigue la imitación de los actos que* MARÍA, *vistiéndose fuera de la mirada del público, describe.*

...pero nadie le ha tocado nunca un seno, por eso los tiene de quinceañera, rebotantes y con pezoncitos alegres y color de rosa, nadie la ha sobado, así, nadie la ha apachurrado, nunca ha sentido ochenta kilos de macho encima, no, todo delicado siempre, de ladito, así...

> MARÍA *aparece vestida totalmente de negro, ropa negra exageradamente luctuosa y antigua: falda larga, blusa cerrada hasta las orejas, velos. Se está ajustando una gargantilla de perlas alrededor del cuello. Al verla,* DOLORES *permanece inmóvil.*

MARÍA: La señora no tiene un hijo, nunca ha parido, no tiene la panza como flan, ni las nalgas como chongos zamoranos. La señora, digo, es perfecta: Una Venus morena y de seda, la señora... la señora nos ha dejado a todititos con la niña del ojo vestida de luto. (*Se señala a sí misma.*) Así.

DOLORES: ¿Qué sabes de esas cosas? Tú no sabes lo que era Hollywood, ser una latina en Hollywood, luchando contra el prejuicio primero, la edad que avanzaba en seguida, ¿por qué te ríes de la edad?, es la trepadora, la lepra visible de una actriz y las que tenían hijos los tenían que esconder o negar y los odiaban, les pegaban, una estrella con un hijo que crecía y la delataba, treinta años, cuarenta años, una actriz delatada por sus hijos era como un diosa, tú lo has dicho, sí, una diosa más que arrodillada, humillada, obligada a ir al mandado y regresar cargada de latas, bistés, naranjas y coles... Yo quería ser ligera, alada, una llama oscura.

MARÍA: Nada le dolió a Dolores.

DOLORES: Pienso mucho en ella. Brilló más que nadie. Cuando se apague, será de noche en el mundo.

MARÍA *la observa con sorna.*

MARÍA: Eso me lo robaste de una de mis películas.

DOLORES (*resignada*): Es probable. Dios escribió nuestros destinos pero no, por desgracia, nuestros guiones.

MARÍA: ¡Y los directores que tuvimos!

DOLORES: Aparte de Buñuel y Welles.

MARÍA: Que nos usaron como muebles.

DOLORES: No, a mí como animal. Fui la mujer leopardo de *Journey into Fear*.

Gruñe, divertida.

MARÍA: Querida, por lo menos una pantera tiene historia...

DOLORES: Leopardo.

MARÍA: Pantera, leopardo, gatas pues: por lo menos sabes qué cosas imitarles. Pero qué me cuentas de esos directores que me decían, "Ya sabe, María, deme mucho *Ummmm*, eh?, usted sabe; mucho *Ummmm*", "¿Qué es eso, señor?", "Lo que le digo, *ummmm*".

DOLORES: *Ummmm*.

MARÍA: *Ummmmmm*.

> *Las dos inician un juego paródico de* ummms, *inventando escenas y situaciones dramáticas hasta que, sin dejar nunca de* ummmmear, *en crescendo, se abrazan, se besan y del amor pasan al odio, fingen arañarse, caen, ruedan por el suelo y los* ummms *ya no saben designar ni furia ni risa, sino un constante trasiego entre ambas.* MARÍA *es la primera en incorporarse, sacudiéndose el polvo de la ropa negra, colocándose los velos frente al rostro, componiéndose frente al espejo.*

MARÍA: Cuando tenga noventa años, saldré a la calle vestida igualita a como ahora me ves, muy arreglada, y dispersaré a los curiosos a bastonazos, ¿qué me miran, qué me miran?

DOLORES: Te repites, querida.

> MARÍA *empieza a descomponerse con furia y llanto.*

MARÍA: ¿Qué me miran? ¿Ya no soy la deseada, la bonita, el cuero que excitó a sus padres, a sus abuelos, ya no soy la vieja más a toda madre que sus tristes ojos tuvieron la suerte de ver jamás, ya no? ¿Ya no hay quien me componga boleros, quien me mande orquídeas y paté en hidroavión todas las tardes al Lago de Pátzcuaro, ya no hay un diestro que me dedique un toro ni un charro que me de una zurra?

> *Desde el piso,* DOLORES *la ha estado mirando con creciente escepticismo, meneando la cabeza.*

DOLORES: No, no, no. Ella nunca diría semejantes cosas.

MARÍA: ¿Tú crees?

DOLORES: Claro que no. Es como si yo dijera que ya no soy la niña que fue al Colegio del Sagrado Corazón y aprendió a escribir con letra de araña, ya no soy la muchachita que se casó a los diecisiete años con un aristócrata mexicano y que para escándalo de las familias decentes lo abandonó a los diecinueve para convertirse en rutilante estrella del *cinemá*.

MARÍA: Pero es cierto.

DOLORES: Ah, es cierto. ¿Entonces admites que yo soy Dolores del Río?

MARÍA: No me inventes cosas que no he dicho. Dije que eso era cierto de la vida de ella, no de la tuya, Lolita, porque tú no eres ella.

29

DOLORES: No deseo insistir, amor mío, pero quisiera darte a entender que las dos sólo viven —vivimos— en la pantalla, en la imagen de Doña Bárbara y María Candelaria, no en las biografías privadas de... de nadie.

MARÍA: Dijiste que yo era María. Lo admitiste.

DOLORES: Y tú no me correspondiste. Perdón por mi mentira. Alabo tu sinceridad.

Las dos se observan un instante.

MARÍA: ¿Has leído el periódico de hoy?

DOLORES: No. Me lo ganaste. Por eso supiste primero de su muerte, ¿te acuerdas?

MARÍA: Eso venía en el periódico de ayer.

DOLORES: Pero, su entierro...

MARÍA: Ya tuvo lugar. Ayer.

DOLORES: Entonces me engañaste.

MARÍA: No veo por qué, preciosidad.

DOLORES: Te has vestido toda de negro.

MARÍA: Perdón. Hoy vamos al cementerio, cómo no, a presentarle nuestros respetos al difunto, quien fue enterrado ayer, sí. ¿Quieres que vaya vestida de feria, como tú?

> DOLORES *sale ahora de su torpor sobre el piso, se incorpora y ocupa el lugar frente a su espejo, como si la noticia de la muerte despertase en ella algo más que el instinto de la coquetería.*

DOLORES: Llevo mis dolores en el corazón, no en las telas.

MARÍA: Dolores son de dolores, no son de tacuches.

> DOLORES, *distraída, recomponiendo su peinado y el arreglo de su vestido, canturrea.*

DOLORES: "Son de la loma, se canta en el llano".

MARÍA (*canturrea*): "Ya no estás más a mi lado, corazón".

DOLORES (*canturrea*): "Corazón, tú dirás lo que hacemos, lo que resolvemos".

MARÍA (*interrumpiendo de un tajo el flujo asociativo*): Basta. Estamos hablando de pilchas y gualdrapas, de tacuches, tú.

DOLORES: La simplicidad es signo de cuna elegante.

MARÍA: No señora. Si eres catrina, es para vestirte como catrina y demostrarles a los pelados que tú eres la catrina. Te me cuelgas hasta la mano del metate, si me haces el gran favor. Y si no, ¿para qué tanto sudor si acabas vestida de flor silvestre con todo y tus millones?

DOLORES: No lo sabrías entender.

MARÍA: ¿Por qué?

DOLORES: Porque te costó llegar. Porque necesitas desesperadamente diferenciarte de ellos.

MARÍA: ¿De quiénes, tú?

DOLORES: De la brosa, del peladaje. Porque en una palabra, querida, careces de las cualidades aristocráticas.

MARÍA: ¿Y por eso debo andar vestida de rancherita, como tú?

DOLORES: Nunca lo entenderías. Jum. Ésas son cosas que se maman.

MARÍA: ¿Más? Cómo no. Entiendo que quieres disfrazarte de la flor más bella del ejido para hacerte perdonar la vida. Eso entiendo.

DOLORES: Nadie me amenaza.

MARÍA: Nos amenazan. Y aunque te cuelgues como piñata, te van a descubrir. ¿O qué crees que los rojos van a colgar a los banqueros y nos van a respetar a nosotras que ganamos más lana que un banquero?

DOLORES: Somos glorias nacionales.

MARÍA: Cuéntaselo a tu amiga Madame Du Barry.

DOLORES: Además, además estamos lejos de México, aquí no va a haber revolución...

MARÍA: Aquí. ¿En Venice? ¿Lo dije bien ahora?

DOLORES: Aquí. En Venecia.

MARÍA: A donde nos retiramos con nuestras petacas llenas del oro que ganamos en el cine nacional.

DOLORES: Metimos divisas al país. Estamos parejos. Además, Madame Du Barry se parecía a ti, chulita, no a mí.

MARÍA: ¿Quihubo pues? ¿Vivimos en la vida o en la pantalla? Tú eres Madame Du Barry porque tu ídolo la interpretó en la cinta de plata. Las biografías no cuentan, cuentan la Bella Otero que es ella que es ella que soy yo y cuenta Madame Du Barry que es ella que es ella que eres tú, *ça va*?

DOLORES: Con la salvedad de que *yo soy* Dolores del Río.

MARÍA: Lee el periódico de hoy.

DOLORES (*alarmada*): ¿Qué dice?

MARÍA: Oye esto. Se supone que María Félix voló ayer a Francia para estar presente en el Grand Prix de Deauville donde correrá una de sus yeguas.

DOLORES: No me sorprende. Es bien conocida la afición de esa mujer por el deporte de los reyes.

MARÍA: Momentito. Luego dice que Dolores del Río ha aceptado hacer el papel de una anciana de la tribu de los seminoles que es abuela de Marlon Brando en una producción de la Met...

DOLORES: ¿Yo abuela de Marlon Brando? Pero eso es una mentira. Yo jamás aceptaría semejante trato. Marlon Brando podría ser mi papá, yo... ¡Pero esas señoras son unas impostoras! Se hacen pasar por nosotras.

MARÍA: Cuando te digo que nos amenazan...

DOLORES: Bueno, digo, debemos unirnos, olvidar rencillas, nuestros orígenes disímiles...

MARÍA: ¡Shhhh! Pero que no se entere Mamá.

DOLORES: Tienes razón. Sigilo. Ella no entiende que ya estamos grandecitas para actuar solas.

MARÍA: No, lo que no entendería es lo de los orígenes disímiles.

DOLORES: Bah, los padres pueden ser distintos.

MARÍA: Sí, hermanita.

DOLORES: Shhh, que no nos oiga...

MARÍA: ¿Mamá?

DOLORES: No, tonta, el Cuarto Poder, los chismógrafos, ¿qué dirían?

MARÍA: Que es hora de tomar el té.

DOLORES: Para entonarnos y enfrentar las vicisitudes del día. Es una buena costumbre inglesa.

MARÍA: También se bebe en Francia, ¿sabes?

DOLORES: ¿Vamos a empezar de vuelta?

MARÍA: Cada quien su patria espiritual.

DOLORES: Pues yo sólo hablo inglés a la hora de tomar el té.

MARÍA: Y yo sólo hablo francés.

> MARÍA *toma asiento al lado de la mesa mexicana de nogal.* DOLORES, *de pie, dispone las dos tazas y toma la tetera.*

DOLORES (*acento inglés*): ¿Cóumo tei gusta el tei, con lémon o con leichei?

MARÍA (*acento francés*): Lo pjefiejo sans lemón et sans leché.

DOLORES (*acento inglés*): Lou sientou, nou teneimos sin lémon o sin leichei.

MARÍA (*acento francés*): Alors sin azucaj, por favoj.

> DOLORES *sirve el té en la taza de* MARÍA.

DOLORES (*acento inglés*): ¿Sin ázucar blanca ou sin ázucar neigra?

María (*acento francés*): Non, me gustá más calienté.

> DOLORES *se sirve una taza de té. La bebe.* MARÍA
> *la observa con su propia taza de té sobre las rodi-*
> *llas.* DOLORES *escupe violentamente el té.* MARÍA
> *se tapa la boca como una niña maliciosa.* DOLO-
> RES *se restriega los labios.*

Dolores: Cenizas, cenizas...

> *Destapa la tetera, mete la mano y saca el puro*
> *mojado de* MARÍA. MARÍA *ha avanzado abajo. Se*
> *detiene al filo del escenario. Hace un movimiento*
> *de la mano y brazo como si apartase una cortina*
> *y mira lejanamente hacia afuera.*

María: Venice...

Dolores (*con cólera histérica*): ¡Te estoy hablando!
¡Echaste tu puro en mi té!

María: ¿Qué miro? ¿El campanile de San Marco o
una torre perforadora de petróleo?

Dolores: ¡Has puesto un pucho quemado en mi bre-
baje!

María: ¿Sobre cuáles cúpolas brilla el sol? ¿Las de
Santa María Maggiore o las del motel Howard
Johnson's?

Dolores: ¡Te odio! ¡Cenizas en mi desayuno! ¡Esa
eres tú! ¡Cenizas disfrazadas de llama!

María: ¿No me entiendes, Lolita? ¿Dónde estamos,
en Venezia o en Venice, miramos sobre el Gran
Canal o sobre Centinela Boulevard?

35

Cada una de estas opciones va amedrentando a DOLORES, *quien acaba por servirse una nueva taza de té y beberla con un gesto de náusea amarga.*

DOLORES (*con asco*): Está bien. Estamos en Venecia, sobre el Gran Canal. ¿No oyes el canto de los gondoleros? "Bandera rossa, color' del vin'..."

MARÍA (*con empeño frío*): Termina tu desayuno. Debes repararte.

DOLORES (*traga cerrando los ojos, como si bebiese una purga. Se friega los labios. Vuelve a canturrear*): "Chi non lavora, non mangierá, viva el communismo e la libertá". (*Vuelve a fregarse los labios.*)

MARÍA: Muy bien, Lolita. Yo creía que oía otra canción por la ventana abierta. (*Canturrea*): "¡Qué lejos estoy del suelo donde he nacido! Intensa nostalgia invade mi pen..."

DOLORES (*gesto abrupto, pero suave, reconociéndose en el poder de* MARÍA): ¡Bien! Ya estuvo bien...

MARÍA (*retirándose del balcón*): Bien. Ya nos reparamos. ¿Qué vamos a hacer con esas impostoras?

DOLORES: Denunciarlas.

MARÍA: ¿Con base en qué?

DOLORES: Que... que... tú sabes qué... que ellas son...

MARÍA: Dilo: ¿que ellas somos nosotras?

DOLORES: Dilo tú, dilo tú.

MARÍA (*con burla seria*): Shhhh... pero que no se entere Mamá.

Temblor de DOLORES. MARÍA *se arregla los velos
negros frente al espejo.* DOLORES *pasea la mirada
por el recinto. Se acerca a las flores de papel. Las
acaricia. Toma una alcancía de barro en forma
de marranito y se sienta abajo con ella en brazos,
en el piso, como una vendedora popular en un
mercado.*

DOLORES (*al marranito*): Shhhhh... Que no se entere
Mamá.

MARÍA: Te digo que no te preocupes. Hago desaparecer
los periódicos todos los días.

DOLORES: ¿Qué haces con ellos? No es cierto. Los
dejas regados. Te he dicho que los tires por el excusado.

MARÍA: No te preocupes. No los colecciono. Ella no
los ve. Ella no sabe quién muere.

DOLORES: Haces bien. Se pondría triste si lee las esquelas
de sus contemporáneos.

MARÍA: No, no es por eso. Es para que no lea las esquelas
de los que mueren más jóvenes que ella.
Es para hacerla sufrir ignorando que hay gente
más joven que ella que se muere todo el tiempo.

DOLORES: Pero sólo la harías sufrir si también le dejaras
saber que hay gente de su misma edad que se
muere, ¿no?

MARÍA: Creo que de verdad va a sufrir ignorando
que la gente muere y enterándose un día de que
no queda nadie en el mundo, nadie más que ella,
sola: Mamá.

37

DOLORES (*con miedo*): ¿Nadie? ¿Ni siquiera nosotras?

> MARÍA *empieza a jugar con sus velos negros, a bailar con ellos como una Salomé fúnebre.*

MARÍA: Nadie. Nuestra venganza será morir también antes que ella.

DOLORES: Pero... ¿pero no crees que ella ya nos da por muertas?

MARÍA (*arqueando la ceja notoriamente*): No es la única que lo cree, chulita. ¿O de qué hemos estado hablando todo este tiempo, tú?

> MARÍA *es un verdadero remolino de velos negros.*

Nadie nos recuerda, nadie nos recuerda, nadie nos recuerda...

DOLORES: Tú lloraste, María. Tú lo dijiste: ya no somos las deseadas, ya nadie nos dedica toros y boleros... (*Canturrea*): "Acuérdate de Acapulco, de aquellas noches, María bonita, María del alma..."

> MARÍA *avanza cubierta de velos negros hacia* DOLORES. *Baila alrededor de la hermana, envolviéndola.*

MARÍA: ¡Cállate! No es de eso de lo que hablo, sino de Mamá. Para ella morimos apenas nos salió el primer pelo en el sobaco.

DOLORES: Qué vulgaridad. No sé cómo puedo convivir contigo.

Se arropa en el rebozo, sin soltar al marranito.

MARÍA: ¡Sí! En cuanto tuvimos la primera regla, dejó de hablarnos, tú lo sabes. Nos odió porque crecimos, porque envejecimos, porque no fuimos siempre sus niñas, sus bebés.

Se levanta un momento los velos para hacer la mímica.

¿Te acuerdas cómo nos imitaba, cómo les contaba a sus amistades nuestras gracias? (*Mímica*): "¡A Lolita no le gusta que le digan señorita, llora y grita diciendo yo no ero thenolita, yo ero bebé goldo!"

DOLORES (*asume la mímica, pero hablándole al marranito*): "This little pig went to market, this little pig stayed at home..."

MARÍA: "Yo ero bebé peloncito".

DOLORES: "This little pig..."

Cambia abruptamente de canción y de tono.

(*canturrea*): "Y al verme tan sola y triste cual hoja al viento, quisiera llorar, quisiera morir de sentimiento".

MARÍA *parece un zopilote que desciende sobre la pobre* DOLORES, *agitando sus velos negros.*

MARÍA: ¡Cállate! ¡No cantes esa canción! ¡Te digo

39

que nos odia porque ya no somos sus niñas con
listones color de rosa y calzones con olanes, con
olanes pero sobre todo sin manchas!

DOLORES *se lleva la mano a la cabeza y toca los listones.*

DOLORES: ¡Yo sí! ¡Yo sí!

MARÍA: ¡Estúpida! ¿No te das cuenta de que no nos
quiere ver más... mientras vivamos?

DOLORES: Pero... pero entonces no le va a importar si
morimos.

MARÍA: Sí, sí le va a importar.

DOLORES: ¿Por qué? ¿No dices que...?

MARÍA: Tú tenme confianza. Abusada. Mucho ojo,
que *ésta* (*se indica a sí misma con un dedo*) se
pierde de vista.

DOLORES: No te entiendo.

DOLORES *suspira. Se levanta.*

Pero estoy de acuerdo en que tú me ganas en
cuanto a intuición, aunque seas ignorante y mal
educada...

Deja el marranito sobre la mesa.

La vida, ¿sabes?, es muy distinta cuando se han
leído libros...

Se abraza, satisfecha, a sí misma.

...cuando se ha cultivado el, ¿cómo te diré?, el jardín del espíritu...

> MARÍA *ha desaparecido de nuevo entre los vestidores.*

MARÍA: Pretenciosa. Nunca has leído un libro en tu vida.

> *Silencio prolongado.* DOLORES *se dirige sigilosamente al teléfono blanco que está encima de la tapa del excusado.*

DOLORES: Es cierto. Ésa es mi tristeza. Por eso cuento contigo, que aunque no sabes nada tienes buena memoria.

> *Alarga la mano hacia el teléfono. Se asusta y la retira.*

MARÍA (*risa desde los vestidores*): ¿Qué harías sin mí, buganville? Francamente, ¿cómo le harías para probar tu propia existencia?

> DOLORES *oye esto y se atreve a poner la mano sobre la bocina del teléfono.*

MARÍA: A ver, ¿quién dirigió *Volando hacia Río de Janeiro*?

> DOLORES *cuelga la cabeza pero deja la mano sobre el teléfono.*

DOLORES: Archie Mayo, claro está, ¿quién no sabe que...?

MARÍA (*voz incrédula*): ¿No sabes quién dirigió esa película donde tú bailas... qué, cómo se llama lo que bailas, Lolita, lo que bailas en *Volando hacia Río*...?

DOLORES (*irresuelta, insegura*): No, no recuerdo... un bolero, María Bonita, qué lejos estoy del suelo donde he nacido, Archie Mayo, Busby Berkeley...

> *Levanta la bocina telefónica como si se prendiese a una tabla de salvación, la mantiene en el aire, sin atreverse a acercarla a la oreja.*

MARÍA (*ríe*): ¿Tú eres Dolores del Río, tú, y no recuerdas esto, no...?

> DOLORES *aprieta la bocina telefónica contra su boca.*

DOLORES: Es que hacía mucho calor en los sets, las lámparas klieg, el encierro, eran las primeras películas sonoras y tenían miedo del ruido en el set, nos aislaban, nos asfixiaban, las luces, el playback, el tango, la pasión, éramos orquídeas asfixiadas y quemadas por la luz de los reflectores... Orson Welles y Ginger Rogers bailando el tango... ¡Cuántas memorias! ¡Qué confusión!

> *Música: "Orchids in the Moonlight".*

MARÍA *sale de entre los vestidores ataviada de satín blanco, entallado y suelto —es decir, como Dolores del Río en* Flying Down to Rio—. DOLORES *suelta el teléfono sin lograr su objetivo de colocar la bocina en su sitio antes de que* MARÍA *la pueda observar. La bocina queda colgando inerte y se escucha un ligerísimo zumbido detrás de la música del tango. El zumbido irá creciendo hasta hacerse insoportable y vencer la música de baile. Ahora,* MARÍA *se acerca con pasos de tango estilizados a* DOLORES, *la toma del talle y las dos bailan,* MARÍA *con fervor y alegría,* DOLORES *con el temor inicial vencido al cabo por la alegría de la danza. El baile concluye con una vuelta elegante de* DOLORES *con el brazo en alto, detenida así un instante por* MARÍA. *El zumbido del teléfono se vuelve insoportable.* MARÍA *suelta a* DOLORES. DOLORES *no cambia de posición: una estatua con el brazo en alto.* MARÍA *va hasta el excusado y, rutinariamente, cuelga el teléfono.*

MARÍA (*tajante*): ¿Qué hacías con el teléfono en la mano?

> DOLORES *continúa fija en su posición de estatua.*

Sabes que el teléfono no se toca.

> *Se acerca amenazante a* DOLORES.

Sabes que el teléfono está allí como la manzana en el Paraíso: como una tentación. La primera que haga una llamada, se la lleva... la madonna... ¿Sabes? ¿Recuerdas, entiendes?

43

DOLORES: Una tentación...

MARÍA: Se la lleva el diablo, ¿*capiche*?, se rompe la ilusión, ya no estamos en donde estamos, sino en...

DOLORES (*con un intento de locurita simpática para interrumpir el orden de pensamiento de* MARÍA): ¿El diablo, dijiste? Tiene nombres más bonitos ¿no crees? Belcebú. Mefistófeles. Lucifer. Asmodeo. Mandinga. ¿Recuerdas? Con el mismísimo Mandinga tenía tratos Doña Bárbara.

MARÍA: Todo tiene más de un nombre. Pero tú, ¿cuándo llamarás al pan pan...?

DOLORES (*mismo tono de excusa frívola*): *Baguette, croissant, brioche*...

MARÍA: ¡Chilindrinas, señora! ¡Chilindrinas y polvorones le voy a dar a usted!

DOLORES (*amedrentada*): Sí...

MARÍA: "Orquídeas a la luz de la luna". Así se llama el tango ese. No lo recuerdas. No eres ella.

DOLORES: No, tú recuerdas por mí, Mariquita, tú me haces ese favor, dependo de tu buena memoria, no es que yo no sea yo, no es que yo no exista, no, es que... se me olvidan las cosas.

MARÍA: Por lo menos di gracias.

DOLORES: Gracias.

MARÍA: Así me gusta mi flor silvestre.

DOLORES (*agresiva*): ¿Quién dirigió *French Can-Can*? ¡Pronto!

44

María (*de espaldas al público y a* DOLORES, *divertida*):
Jean Renoir. Mi osito de peluche blanco.
DOLORES (*aún más agresiva*): ¿Cómo se llama tu hijo?
¡Pronto!

> *Silencio.* MARÍA *permanece de espaldas. Cuelga ligeramente la cabeza.*

DOLORES: ¿Cuántas veces lo viste de niño? ¡Dime!
¿A qué jugaste con él? ¿Alguna vez jugueteaste a
gatas con tu bebé? ¡Dime! Ahí viene la A, ahí
viene la B, *Mary had a little lamb*, ¿le enseñaste
las primeras letras, las rondas, las adivinanzas?
Agua pasa por mi casa, cate de mi corazón, ¿qué
es? Una madre fría, trastornada por el éxito,
egoísta, perversa, una mexicana que putas ven-
día, su coño de ciruela, su chabacano y sus san-
días, ¿cuántas veces te encontró tu bebé cocoli-
sito y goldito en brazos de un hombre que no era
su padre, eh? Che araña, bailá con maña...

> MARÍA *permanece inmóvil y de espaldas al pú-
> blico.* DOLORES *enardecida por su audacia, apro-
> vechando el estado de* MARÍA, *va hacia el teléfono
> posado sobre el retrete, levanta sin ningún género
> de dudas la bocina, marca apresuradamente un
> número, espera la contestación dándole vueltas
> descaradas al rabo de su rebozo y con la lengua
> clavada en el interior de la mejilla —una imagen
> grotesca, a medio camino entre el personaje de
> Las abandonadas y la mitad femenina de la*

pareja Chema y Juana, entre Madame X y la
Criada Malcriada.

DOLORES: ¿Bueno? ¿Con quién tengo el gusto?... Ah,
ya veo... ¿Podría hablar con...?

> MARÍA *sale de su parálisis, se adelanta con vio-*
> *lencia y le arrebata el aparato a* DOLORES, *la*
> *amenaza con la bocina.* DOLORES *se cubre la ca-*
> *beza con una risa burlona.* MARÍA *duda entre lle-*
> *varse la bocina a la oreja o colgar.*

DOLORES: Anda, ten valor, escucha...
MARÍA: Hijo mío...

> MARÍA *cuelga precipitadamente.*

MARÍA: No tienes por qué herirme así. Yo tuve el valor de tener un hijo. He reparado mi olvido. He
purgado mi culpa.

> DOLORES *hace gestos caricaturescos de director de*
> *cine.*

DOLORES: ¡Corte! *Print it!* ¡Maten al burro! *Wrap it
up!*
MARÍA: Pobre abandonada, no tienes nada que hacerte perdonar.
DOLORES: Reprobada otra vez. Te contaré mi historia. Para que mi hijo pudiese ir a la escuela, me
tiré a las calles, fui mariposilla nocturna, huila de
cabaré, le hice al taconeo, ¿recuerdas?, para pa-

garle a mi hijito sus estudios de abogado me hice vieja, fané y descangallada, pero mi hijo crecía en honor y promesa, alto y fuerte como un roble, digno como un rey, hermoso como un sol y se iba a casar con la señorita O'Higgins, hazme nomás el favor, con una irlandesa poblana, la Bebesa O'Higgins, emparentada con generales y presidentes, heredera de millones y millones en el hule, las aguas embotelladas y los tabloides deportivos: mi niño de la niebla iba a entrar a la sociedad mexicana gracias a mi sacrificio, María, yo ví la boda desde la calle, en las Lomas de Chapultepec, bajo la lluvia, yo puta, yo vieja, yo cojitranca, yo pobre, yo prieta, yo jodida, yo chimuela, yo imbañable, yo sin seguro social en que caerme muerta, yo sin carta de crédito de la American Express, yo la última de las abandonadas, mirando a mi hijo casarse con una poblana de origen irlandés...

MARÍA (*con la ceja arqueadísima*): Mono, perico y poblano...

DOLORES (*reacciona*): ¡Fronteriza, sonorense, hija del desierto! ¿Qué entiendes tú de la casticidad criolla? ¡Magüeyes y tunas!

MARÍA: Durangueña.

DOLORES: Castiza, sí.

MARÍA: Pero no casta. Oye, ¿es cierto que la única moda en Durango es à la Cran?

DOLORES: ¡Déjame terminar! Yo te dejo contar ente-

ros tus siniestros melodramas, tus versiones nacas
de Safo y Margarita Gautier.

MARÍA: Pero mis culebrones terminan distinto cada
vez. Safo se safa y la Dama de las Camelias se
casa con su suegro, que es lo que ambos querían
desde el principio. Y colorín colorado que este
cuento se ha acabado. Tú no haces más que repe-
tirme la misma telenovela...

DOLORES: El policía se acercó, me empujó, me dijo
aquí no es tu sitio, rucasiana, a pelar camotes,
vieja viernes, largo de aquí, órale.

MARÍA: Aquí no es tu sitio.

DOLORES: ¿Qué?

MARÍA: Lo mismo nos dijeron en la frontera.

DOLORES: ¿De qué hablas?

MARÍA: De cuando salimos de México.

DOLORES: Ah sí, cuando nos retiramos a vivir nuestro
otoño en Venecia.

MARÍA: Venice.

DOLORES: Muy bien. Así se pronuncia en inglés.

MARÍA: Venice, California.

Terror de DOLORES. *Nerviosamente, descuelga un
vestido cualquiera y comienza a plancharlo con
las manos, disfrazando su angustia con la actividad.* MARÍA *la ve hacer esto con una sonrisa,
canturreando:*

MARÍA: "Qué lejos estoy del suelo donde he nacido..."

DOLORES: No hemos de quejarnos, Mariquita... Venecia es...

MARÍA (*brutalmente*): Un suburbio de Los Angeles.

DOLORES: ¡María! Yo te dije María... (*Implorante*): Yo no me acerqué con alfileres a los globos de tu ilusión, yo te dije María, no que eras una...

MARÍA: Lo mismo que yo. Una chicana retirada viviendo en un mugre suburbio de L. A...

> *Desciende* abajo *y hace el gesto de correr la cortina.*

DOLORES: No...

> *Deja caer el vestido; se detiene sin atreverse a tocar a* MARÍA.

MARÍA: Toma tu Venecia. Una Venecia de mentiritas, inventada por un gringo chiflado para hacerles creer a otros gringos bueyes que vivían en el segundo Renacimiento: mira las columnas descascaradas, mira, mira los canales sepultados bajo la basura, mira las góndolas junto al carrusel y la montaña rusa, mira tu Venecia desgarriatada, síguete haciendo ilusiones, Dolores...

DOLORES: Dolores, sí, no Venecia, pero Dolores sí, ¿por favor?

MARÍA: Mira tu Venecia en subasta.

DOLORES: Venimos en busca de Hollywood, ¿recuerdas?

María: Sí, como dos elefantes en busca de su cementerio. Cuando ya nadie nos contrató en México, decidimos venir a Morir en Hollywood, a enterrarnos en el cemento fresco del Teatro Chino.

Pausa.

Ni allí nos quisieron. ¿Chicanas viejas, viejas *movie stars*? Al basurero. Todo aquí es un basurero. Nada debe servir más de dos soles.

Dolores (*atolondrada*): Orquídeas a la luz de la luna...

María: Todo se hace viejo apenas se estrena. El auto. La batidora. La TV. Las pilchas. El corazón.

Dolores: Las estrellas.

María: Mira afuera, Dolores: Venice, California, igual a Moscow, Texas; París, Kentucky; Rome, Wisconsin; y México, Missouri: el vestido ajeno, la barata de los nombres, el remate de las ilusiones. Sí, tú eres Dolores del Río...

Dolores: ¡María!

Hace el gesto de acercarse a ella. Se detiene.

María: Dolores del Río Mississippi. María de los Ángeles Félix Florida. Otra cosa. Ya no ellas. Ni nosotras. Un espejismo. Una nostalgia. Dos locas chicanas...

Dolores *se abraza de* María. *Ambas de pie.*

DOLORES: ...que se aman, que se sostienen en el desierto, sí, que vinieron buscando lo que nunca existió...

MARÍA: Tu Hollywood...

DOLORES: La fábrica de sueños... que nos soñó...

MARÍA: El lugar de la ilusión... que resultó ser una ilusión más...

DOLORES: Nuestro espejo...

MARÍA: Nuestro espejismo...

Cantan a dúo, abrazadas.

MARÍA y DOLORES:

¡Qué lejos estoy del suelo donde he nacido!,
intensa nostalgia invade mi pensamiento;
y al verme tan sola y triste cual hoja al viento,
quisiera llorar, quisiera morir de sentimiento.
¡Oh tierra del sol, suspiro por verte!,
ahora que lejos yo vivo sin luz, sin amor...

La canción es brutalmente interrumpida por un ruido: mezcla de latido y golpe.

DOLORES: ¡Ay nanita!

Las dos mujeres se abrazan más.

DOLORES: Madre mía de Guadalupe...

DOLORES se separa de MARÍA y se da golpes sobre el pecho.

Santo, santo, santo.

> *Los golpes sobre el pecho de* DOLORES *se amplifican y se vuelven sólidos: alguien toca a la puerta. Las dos mujeres vuelven a abrazarse.*

MARÍA (*sobreponiéndose y tragando grueso*): ¿Quién puede ser?

DOLORES: Mamá...

MARÍA: Te digo que nos ha olvidado.

DOLORES: ¿Y si nos recordó de repente?

MARÍA: ¿Te asusta más que nos recuerde o que nos olvide?

DOLORES: No sé, no sé...

> *Insistencia de los nudillos sobre la puerta.*

MARÍA: ¿Le diste aviso a alguien?

DOLORES: ¿Yo? ¿Cómo? Si no...

MARÍA (*con enojo frío*): Ahora que llamaste por teléfono, estúpida... ¿No te dije que...?

DOLORES: No, te lo juro, fingí, era otro número.

MARÍA: ¿Otro número?... Oye, ¿a quién le andas hablando a mis espaldas?

DOLORES: ¿Cómo crees?

MARÍA: Como creo.

DOLORES: Ni lo pienses.

MARÍA: Está bien. No lo pienso. Lo intuyo, lo huelo, lo huelo y me huele a gato encerrado, a rata

muerta, a zorrillo vivillo... ¿Con quién nos engañas, trajinera de Xochimilco?

Repiqueteo cada vez más insistente. DOLORES
mira nerviosamente hacia la puerta.

Ahí está el Marco Antonio de la cafriza.

DOLORES: No, te lo juro, no era su número de teléfono.

MARÍA: ¿Qué quieres decir?

DOLORES: Era otro número, no el de él.

MARÍA: ¿Otro número?

DOLORES: Cualquier número, marqué el primero que
me vino a la cabeza, te lo juro, por ésta...

Hace el signo de la cruz y lo besa. MARÍA *se separa de* DOLORES.

MARÍA: Entonces... cualquiera puede estar tocando a
la puerta, el primero que te vino a la cabeza, so
taruga...

DOLORES: Pero, ¿cómo iba a saber...? Yo no le di la
dirección... Él no podía averiguar...

MARÍA: Entérate: se puede llamar a la policía y trazar
un número que nos acaba de llamar y luego po-
nerle una dirección a ese número y hasta un nom-
brecito...

DOLORES: Pero, ¿para qué se iba a preocupar este señor por buscar el paradero de unas desconoci-
das?

MARÍA: De dos viejas chicanas que languidecen en un

53

suburbio veneciano de un Hollywood que no existe...

DOLORES: Que nunca existió, ¡ay!

MARÍA: De dos locas retiradas, ¿no?, de dos estrellas que se apagan, de dos barraganas de la pelea pasada, ¿no?

DOLORES: Oh, no somos eso, no digas eso, nuestras películas viven, no se apagan, Enamorada, Ave del Paraíso, tú lo has di...

MARÍA *decisivamente, deja a* DOLORES *con la palabra en la boca y camina con paso militar hasta la puerta. El coraje parece faltarle por un instante. Respira hondo, alarga la mano, abre la puerta. Con el puño en alto, a punto de volver a tocar, está un joven delgado, con lentes y un ramillete de flores en el mismo puño con el que tocó. Viste como un joven decente de los años 40: camisa a rayas, corbata de moño, traje Príncipe de Gales cruzado y un suéter de rombos debajo. Zapatos negros. Un sombrero con el ala frontal levantada al estilo de los "chicos de la prensa". Es lo único que lo delata. De hecho, el recién llegado ofrece una inquietante mezcla de Harold Lloyd y James Cagney. Bajo el brazo, trae cargando una bobina cinematográfica enlatada y empuña un proyector de cine.*

MARÍA *y* DOLORES *miran con asombro al muchacho. Se miran entre sí:* MARÍA *preguntando con un movimiento de cabeza si éste puede ser el taxista enamorado de* DOLORES, DOLORES *negando con la suya, dando a entender que jamás lo ha visto antes, inquiriendo si más bien no será un enamorado inconfeso de* MARÍA. *Al joven visitante le faltan brazos para mantener incólumes sus flores —un ramillete de no-me-olvides—, la película enlatada bajo el brazo, el proyector y, ahora, el periódico que recoge, antes de entrar o de ser invitado a entrar, con la mano del bouquet y se coloca bajo la barbilla.*

FAN: Perdón... me faltan brazos...

Tiende las flores en dirección de DOLORES *pero el periódico se le resbala de la barbilla y cae al piso; el joven atiende sobre todo a su rollo enlatado, salvándolo de cualquier percance. Coloca el proyector en el piso y por fin logra quitarse el sombrero.* DOLORES *se inclina nerviosamente a recoger el diario. El joven se inclina. Topetón de cabezas.* MARÍA *le impide a* DOLORES *recoger el diario con un pisotón en la mano.* DOLORES *reprime un quejido. El joven trata de auxiliarla y su sombrero cae al piso. Pero no suelta la bobina.*

MARÍA (*a* DOLORES): No seas curiosa.

El joven recoge y sacude su sombrero.

DOLORES (*curándose la mano pisoteada*): Quería saber. Quería leer la noticia de su muerte. (*Mira hacia el joven visitante.*) Además, éste no es él.

FAN: ¿Perdón?

MARÍA: ¿No es él? Pero te ofrece a ti las flores. Anda, tómalas.

> *Pero antes de que* DOLORES *pueda tocarlas, aun cuando ha adelantado tímidamente la mano,* MARÍA *la interrumpe.* DOLORES *se incorpora.*

FAN: Perdón... Vine en autobús...

MARÍA: Ah, día de asueto...

FAN: Perdón, no le entiendo.

DOLORES: ¡Tengo derecho, tengo derecho a un galán mío!

> MARÍA *la observa con sorna.*

No toda mi vida ha de ser ir al supermercado de la esquina de Rialto y Pacific o echarme la camellada hasta Olvera para buscarte tús antojitos preferidos, ¡devoradora, pero de chilaquiles y enfrijoladas!

> MARÍA *no le hace caso. Se dirije al* FAN.

MARÍA: Ande, señor, déle los zempazúchiles antes de que acaben de secarse.

FAN: Son no-me-olvides.

> *Le tiende el ramillete a* DOLORES *y se ruboriza.*

Desde que la vi en *La Selva de Fuego* no la puedo olvidar, señorita.

DOLORES (*en éxtasis*): ¡Un fan!

MARÍA: ¿Un abanico?
DOLORES: Un fanático, ignorante, un entusiasta, un hincha...

> *Olfatea modosamente las flores.*

Un seguidor acucioso de mis tareas artísticas.
FAN: Así es, señorita, a sus pies de usted. He visto todo lo que usted ha filmado, con una excepción.
DOLORES (*coqueta*): Pues ha visto más que yo... Pero pase, está usted en su casa...

> *El* FAN *entra plenamente al escenario.*

FAN: No esperaba menos de su proverbial cortesía. Cuando en *La Casa Chica* invita usted a Roberto Cañedo a visitarla en...
DOLORES (*a* MARÍA, *autoritaria*): Chica, ¿quieres cerrar la puerta?
FAN: ¡Exquisita! Así trata usted en *Buganvilla* a su criadita indígena.

> MARÍA, *imperturbable, cierra la puerta. El ruido al cerrar es el de una puerta de prisión, metálica. Se escucha el* clang! *y hasta una insinuación de cadenas y cerrojos inviolables.* MARÍA *se apoya, con las manos unidas detrás de la cintura, contra la puerta. Pero nada aparta a* DOLORES *y al* FAN *de su pavana de cortesías y reminiscencias.*

DOLORES: ¿Y cuál sería esa laguna en su cultura?
FAN (*aturdido*): ¿Mande?

DOLORES: Digo, la cinta mía que aún no ha podido... admirar.

FAN: ¡Ah! Pues se trata nada menos que de *Carmen*, dirigida por Raoul Walsh en 1926, basada en la obra homónima de Mérimée y en la ópera celebérrima de Bizet. (*Toma aire.*) La única copia yace en los archivos de la Cinemateca de Praga, capital de Checoslovaquia.

DOLORES (*risueña*): ¡Aaaaah!

> *Arranca una flor del ramillete, se la pone entre los dientes, se escucha la "Seguidilla" de la ópera de Bizet y la actriz imita la ferocidad vibrante de Dolores del Río interpretando el papel de Carmen: pelo suelto, despeinado, arrojado hacia adelante para cubrirle el rostro, luego echado hacia atrás para desvelarlo: movimientos de tigrillo salvaje hasta que, agotada, se planta como un torero en el centro del escenario, la música asciende a la marcialidad de la "Marcha del Toreador" y el* FAN *grita:*

FAN: ¡Olé, olé!

> MARÍA, *siempre reclinada contra la puerta, hace el gesto imperial romano de la condena a muerte: el pulgar derecho hacia abajo. Pero nada puede reprimir el entusiasmo que se han contagiado mútuamente* DOLORES *y el* FAN.

FAN: *Ramona*, 1927.

> DOLORES *se envuelve en un chal andaluz y cami-*
> *na con pasitos de virgen de pueblo católico.*
> *Música: La canción "Ramona".*

FAN: *Ave del Paraíso*, 1932.

> DOLORES *se coloca un lei alrededor del cuello y*
> *baila hula-hula. Música hawaiiana.*

FAN: *Volando hacia Río*, 1933.

> *Música: El tango "Orchids in the Moonlight".*
> DOLORES *empieza a bailarlo sola. Ve a* MARÍA.
> *Se detiene. Corre hacia ella. La abraza. Intenta*
> *arrancarla de la puerta, casi sollozando.*

DOLORES: Perdón... perdón...

> *Las dos mujeres se toman en brazos y adoptan*
> *una postura estilizada pero inmóvil de bailarinas*
> *de tango. El* FAN *las observa embelesado, sin sol-*
> *tar nunca su lata.*

DOLORES (*repite*): Perdón, perdón...

> MARÍA *detiene firmemente a* DOLORES. *La música*
> *cesa.*

MARÍA: ¿De qué, tú?
DOLORES: Tú sabes...
MARÍA: Me halagas. No entiendo ni jota.

DOLORES (*mirando con coquetería hacia el* FAN): Aún me recuerdan. Aun tengo un fan en este mundo. Él... me buscó a mí.

> *Observa con compasión a* MARÍA.

DOLORES: En cambio tú, Mariquita linda...

> MARÍA *con lenta deliberación, se aparta de* DOLORES, *recoge el periódico del piso y comienza a hojearlo. El* FAN *siente que es responsable de la tensión y trata de relajarla.*

FAN: Caramba... por Dios... dispensen ustedes... pero no sabía que ustedes... dos... *of all people*... vivían aquí juntas...

MARÍA (*suspira mientras recoge el periódico*): Las Venus de Venice, sí señor.

FAN (*a* MARÍA): De haberlo sabido, no hubiese dejado de traerle flores a usted también, señorita...

> MARÍA *detiene con falso asombro su lectura del periódico.*

MARÍA: Favor que usted me hace... señor.

> *A* DOLORES.

Ya ves. Tú ganaste un admirador. Pero las dos recuperamos un público.

FAN (*a* MARÍA): Créamelo, también existe un exclusi-

vísimo club de admiradores de usted, de verda-
deros fans de usted...
MARÍA: ¿Qué tan exclusivo? ¿Más de dos miembros?
FAN: Pocos, es cierto, pero selectos.
MARÍA: Recalcitrantes, ¿eh?

> Con estas palabras pasa por alto al FAN y se di-
> rige a DOLORES con el periódico abierto.

MARÍA: Has de saber, chulita, que las noticias necrológicas son preparadas con gran anticipación.
Apenas destacas en alguna actividad —político,
artista, banquero, gangster, *fille au pair*, niño
prodigio, medium o matricida— el periódico abre
un dossier con todos los datos de tu vida, por si
estiras la pata de repente. Si no tienes la fortuna
de morir joven, los datos nomás se siguen acu-
mulando, las fechas, los premios, los títulos de
las películas, los años en Alcatraz, los chismes, las
pruebas fotográficas de que no eres el mismo o *la
misma* y sólo puedes culparte... a ti misma.

> DOLORES, *escuchando a* MARÍA, *ha tomado de
> nuevo el elaborado espejo de mano de marco ro-
> cocó idéntico al que emplea en la película*
> Madame Du Barry *y se observa detenidamente
> en él. El* FAN *no puede dejar de exclamar:*

FAN: ¡*Madame Du Barry,* 1934!

DOLORES (*mirándose en el espejo*): Después de los cuarenta años, todos somos responsables de nuestro rostro.

MARÍA: Marcel Proust, 1913. (*Suspira.*) ¡El fin de la Belle Époque! ¿Quién estaba preparando la noticia necrológica de toda una época?

FAN (*con menos entusiasmo*): *La Bella Otero*, ¿1952?

MARÍA: Gracias, joven, gracias por echarme porras. Pero el punto es este. Antes sólo eras responsable de tu mascarita ante tu propio espejo. No había otra prueba de que tú eras tú.

FAN: A menos que tuviese usted la suerte de ser pintada por Rubens o el Ticiano.

MARÍA: ¡Ay!, eso era como si te cayera la lotería, compadre. Pero si no, ¿cuál careta?, veme diciendo. Yo te digo: ninguna. La de millones y millones de mujeres que se murieron sin que nadie volviera a recordarlas...

FAN: Porque no quedó huella de sus caras.

MARÍA: Ándale. Ahora no sólo eres responsable de tu cara ante tu espejo...

DOLORES (*fija ante su espejo*): También ante tu público que la conoce mejor que tú porque todos hemos sido fotografiados...

MARÍA: Pero una estrella *más* que nadie, y en movimiento, y desde siempre, y para siempre.

DOLORES: Un fantasma eterno y una carne pasajera, ¡ah!

MARÍA: Mala jugada, Lolita, mala jugada. Piensa en

lo que te digo cuando las dos nos vayamos a empujar margaritas.

Silencio incómodo. Lo rompe el FAN.

FAN: Los árabes dicen que la cara es el retrato del alma. (*Traga grueso y añade*): Por eso no se dejan fotografiar.

MARÍA: Los yaquis tampoco, ¿y qué?

DOLORES *no ha dejado de mirarse en el espejo rococó.*

DOLORES (*a* MARÍA): Diego Rivera nos dijo que la edad no debía preocuparnos, porque teníamos lindas calaveritas. ¿Recuerdas?

MARÍA (*a* DOLORES): Tú y yo somos muy distintas. ¿Sabes por qué? Tú sólo me quieres a mí y te quieres a ti misma a través del público.

DOLORES (*sin dejar de mirarse en el espejo*): No me digas que no te quieres más a ti misma sólo porque el público te adora... perdón, te adoró.

MARÍA (*sin hacerle caso al* FAN): Sí. Pero a ti sólo te quiero por ti misma, no por el público.

Pausa.

MARÍA: Soy la única persona que ha llegado a quererte por ti misma, incluyéndote a ti misma.

FAN (*obsequioso*): Perdone... no es que quiera contradecirla... pero... yo...

Ahora MARÍA *sí concentra su atención en el* FAN.

MARÍA: ¡Tú eres el público, manicero! Tú eres el reflejo pálido de lo que miras en una sala oscura. Mírate nomás la palidez de esa careta.

Avanza amenazadora hacia el FAN.

Tú eres como el singular ojete que nunca le da el sol. A un torero lo matas bajo el sol verdadero, aullando, condenándolo a gritos y botellazos, ¡maleta, que te coja el toro!... A un amante lo asesinas envuelta en la noche verdadera, con las armas de la carne y el engaño y las palabras tiernas y el sueño fatigado de los héroes...

MARÍA: Pero este amor y este crimen del público, en la oscuridad artificial, en la falsa noche de una sala de cine...

Se detiene, buscando palabras que no encuentra. DOLORES *baja el espejo como quien baja la guardia en esgrima.*

MARÍA (*a* DOLORES): Te quiero por ti misma, hermanita, no porque eres estrella y tienes un público.

DOLORES está a punto de levantarse para abrazar a MARÍA. Pero el FAN interviene rápidamente para impedirlo.

FAN (*a* DOLORES): No admita usted los argumentos del despecho. Yo...

María (*al* FAN, *con furia*): ¿Usted? ¿Quién carajos es usted? ¿Cómo llegó aquí? ¿Quién le dio nuestra dirección?

El FAN *es agredido físicamente por* MARÍA.

FAN (*apartando con las manos la cólera de* MARÍA): Perdón, fue un accidente.

MARÍA: ¿Un accidente? Accidente nacer o morir. Usted ni a desmadre llega.

FAN: Soy fanático de ella. Usted no me ofende.

MARÍA: Oiga, inofensible, le he hecho una pregunta cortés. ¿Cómo le hizo para... desenterrarnos?

FAN (*halagado de que nuevamente se le preste atención*): Esta mañana, mientras procedía a instalarme frente a mi escritorio y mis archivos a fin de dar inicio a mis tareas cotidianas...

MARÍA: Ibas a chambear.

FAN: Eso es. Sonó el genial invento de Alexander Graham Bell en mi oficina...

MARÍA: El telefunken.

DOLORES: Ah, Hollywood, Hollywood, tú lo inventaste todo. Spencer Tracy descubrió la luz eléctrica, Paul Muni la leche pasteurizada, Greer Garson el radio y Don Ameche el teléfono.

FAN: Así es. Sonó el aparato y lo tomé yo. Afortunadamente. Es el teléfono público de la empresa donde presto mis servicios y cualquiera pudo haber...

María: Entendido.

Fan (*en una especie de accésis a su manera*): Era ella.

> *Se vuelve hacia* Dolores. *Se acerca a ella.*

Era ella. Diciendo: "Bueno..."

> *El* fan *y* dolores *hablan ahora a dos voces, con bocinas imaginarias en las manos.*

Dolores y Fan: "¿Con quién tengo el gusto?... Ah, ya veo... ¿Podría hablar con...?"

> dolores *calla.*

Fan: Un silencio. Luego colgó. Pero cómo iba a dejar de reconocer su voz, la voz de *El precio de la gloria*...

María: Estás birolo. Esa fue silenciosa.

Fan: La voz de *La otra*, *Pensativa* y *Evangelina*...

Dolores (*aturdida*): Mi amor...

María: Cuidadito. Que nos diga en qué la gira.

Fan (*a* María): No entiendo su pintoresca manera de hablar. No es de mi época.

> maría *comienza a circular alrededor de* dolores *y el* fan, *observando a éste como a un bicho raro.*

María: Escritorio... archivos... oficina pública...

Fan: Eso es. Burócrata. Servidor público.

MARÍA *continúa girando.*

MARÍA: Muchos teléfonos, dijiste, mano...
FAN (*nervioso*): Sí, muchos haciendo tilín... ¿tilín-tilín?
DOLORES (*canturrea*): "Tengo una vaca lechera..."
MARÍA (*al* FAN): ¿Funcionando?
FAN: A la perfección.
DOLORES: "No es una vaca cualquiera..."

MARÍA *se detiene.*

MARÍA: Entonces no son teléfonos de oficina pública.
   Esos nunca funcionan.
DOLORES: "Se pasea por el prado..."
MARÍA: ¿Hospital?
FAN: Menos.
DOLORES: "Mata moscas con el rabo..."
MARÍA: ¿La compañía de teléfonos?
DOLORES: "Tilín tilín..."
MARÍA: Nadie contesta. ¿Empresa, dijiste?
DOLORES: "Tolón, tolón".
MARÍA: ¿Diario? ¿Caliente?

MARÍA *mira al* FAN *con curiosidad. Recoge el periódico. Empieza a hojearlo.* DOLORES *aprovecha la pausa para intentar impedírselo.*

DOLORES: Oh, basta, basta de crueldades innecesarias. Ya no leas el periódico. No me interesa saber quien murió hoy. No me interesa saber si los muertos de hoy son más viejos o más jóvenes que

67

yo. No me importa que Mamá se entere, que Mamá sufra si son más viejos que ella y goce si son más jóvenes, no...

La escena que sigue debe interpretarse de una manera muy estilizada, prácticamente como un trío de ópera. No obstante, la voz de DOLORES *dominará el conjunto, sin opacarlo. Esta estilización ha sido preparada por los anteriores "tríos" verbales de* DOLORES, MARÍA *y el* FAN. *Ahora debe ser súmamente notorio que el* FAN *mueve en silencio los labios mientras* MARÍA *lee el periódico, repitiendo exactamente y en silencio lo que ella lee en voz alta.*

MARÍA (*lee deliberadamente*): "Nacido el 6 de mayo de 1915 en Kenosha, Wisconsin, U.S.A...."
DOLORES (*a* MARÍA): ¿Te das cuenta de lo que haces? Impides que celebremos, hoy, hoy que pasó lo que tanto deseamos, desde hace años, desde siempre, y tú no te detienes a celebrarlo...
MARÍA: "Hijo de un inventor y una pianista..."
DOLORES: ¡Hoy fui reconocida! Desperté, desayuné y nadie...

Señala con violencia hacia el público.

Nadie... ninguno de ustedes... me reconoció... Mas he aquí que apenas pasado el mediodía, llegó un admirador con un ramillete de flores en la mano y me dijo: La admiro. Usted es ella.

MARÍA prosigue la lectura del periódico. El FAN
repite con los labios las palabras de MARÍA.

MARÍA: "Estudió pintura en el Arts Institute de Chicago".

Lo pronuncia a la francesa: Shicagó.

DOLORES (*a* MARÍA): ¿Me entiendes? Usted es ella. También a ti te lo dijo. Tú eres ella.

MARÍA (*lee*): "A los quince años debuta como actor en Dublín. Pone en escena el *Julio César* de Shakespeare".

FAN: Todos somos hombres honorables.

DOLORES: ¿No te das cuenta? ¡Ya no tenemos que probarle a nadie que nosotras somos ellas!

MARÍA: "Crea y dirige el *Macbeth* negro para el Teatro Federal durante la gran depresión de los años treinta".

FAN (*con ritmo sincopado*): *When shall we three meet again, yeah man!*

DOLORES: ¡Tenemos un testigo!

MARÍA: "Dirige e interpreta el *Julio César* en uniformes fascistas".

FAN: *Todos* somos honorables Menschen.

DOLORES (*señalando al* FAN *con el dedo*): ¡Él no miente! Él ha visto todas nuestras películas. ¡Él no miente!

MARÍA: "En octubre de 1938, espanta a miles de radioescuchas con su adaptación de *La Guerra de los Mundos* de H. G. Wells..."

FAN: Todos somos marcianos honorarios.

DOLORES (*tristísima*): Wells... Él no miente...

MARÍA: "En 1940, reinventa el arte de la cinematografía con *El Ciudadano Kane*".

FAN: Todos somos honorables *tycoons*.

MARÍA: "Su nombre ingresa a la rotonda de la gloria junto a los de Griffith, Chaplin y Eisenstein..."

DOLORES (*cada vez más incierta*): Él no miente...

MARÍA: "En 1942 viste a Dolores del Río de leopardo y la emplea en *Voyage au pays de la peur*..."

DOLORES (*desesperada*): No, *Journey into Fear*, esta obra se llama *Journey into Fear*, no sabes leer en inglés...

MARÍA (*sin dejar de revisar el periódico*): Pocha.

DOLORES: ¡Me envidias mi Hollywood!

MARÍA: Pocha. Pains of the River.

DOLORES: Gabacha. Marie Joyeuse.

MARÍA: Douleurs de la Fleuve.

FAN: Todos somos honorables subafluentes.

DOLORES: Happy Little Mary! ¡María de los Ángeles Feliz!

FAN: Mary had a little angel, it's cock was black as coal, and everywhere that Mary came, the cock was sure to grow...

DOLORES: ¡Viniste a Los Angeles porque te llamas María de los Ángeles, presumida, pudimos haber ido a vivir a Río, volar hacia Río, oooh, mi juventud!

MARÍA: O a Dolores Hidalgo, a tocar la campana

de la independencia. Bueno. (*Continúa leyendo*):
"Y en 1941, no filmó *El camino de Santiago*
con..."

DOLORES: "Dolores del Río".

> *Una cierta tristeza. El trío se descompone.* MARÍA
> *arroja lejos el periódico.*

MARÍA (*a* DOLORES, *pero mirando al* FAN): Te presento
al autor de las notas necrológicas del *Los Angeles
Times.* (*Al* FAN): Llevamos años leyéndolo,
honorable señor. Lo primero que buscamos cada
día es su página de obituarios. Nada nos interesa
más que saber quién murió ayer. Parece usted
muy joven para dedicarse nomás a la fiambriza.

DOLORES: ¿Qué dices? ¿Cómo sabes?

MARÍA: Lo vi moviendo en silencio los labios cada
vez que yo leí. Repitiendo de memoria sus me-
morables frases sobre el ilustre muerto de ayer.

FAN (*la corrige*): De *hoy.* Lo que usted leyó es el *five
star final* del mediodía. Mi periódico se honra de
ser el primero con las últimas.

MARÍA: Enamorado de lo que escribe.

FAN (*súbito cinismo*): Muy salsa, ¿no?

MARÍA: Más que tú, cagatintas estreñido; yo sí, muy
abusada, muy requete transa, yo la mamá de
Tarzán y también de los pollitos, ¿vieras?, yo la
mera mera y tú el tío más bembo, gacho y gandalla que jamás ha puesto las pezuñas en mi mo-
quetiza. A mugir a otro pastizal... borreguito.
Aquí manda esta Loba.

71

Dolores: ¡Madre mía de Guadalupe!

María: Sí, río de lobos, pa'lo que se ofrezca, Guadalupe la Chinaca.

Dolores (*a* maría): ¡Has ofendido a mi fan!

> El fan *hace el gesto de dar la vuelta para dirigirse a la puerta.*

Fan (*a* dolores): Lo siento. De veras.

María (*a* dolores): No seas boba. Es un periodistilla que se pasó de listo para conocer tu reacción el día de la muerte de Orson Welles.

Dolores: ¡Será lo que sea, pero me reconoció, admitió que yo soy ella! Tú no, tú dices quererme y no lo admites.

María: Porque te quiero. Porque te quiero por ti misma, Lola.

Dolores (*sorda, insistente*): ¡Mamá tampoco, Mamá dice que estoy loca... que las dos estamos locas, las dos: María tú y Dolores yo!

María: Hoy estará contenta. Welles era más joven que ella.

Dolores (*aturdida*): ¿Wells? No, si lloró mucho cuando se murió, dijo que habían sido contemporáneos, viajeros en la misma máquina del tiempo, dijo...

María: ¿Orson?

Dolores: No, ese es un niño. ¿Cómo va a morir? Me refiero a Herbert George.

> María *toma de los hombros a* dolores.

MARÍA: Despierta, monada. Sal de tu trance. Orson murió hoy. Orson. Tu contemporáneo.

> DOLORES *permanece estupefacta. Mira ciegamente al público frente a ella. Murmura.*

DOLORES: Wells. H. G. Wells. El autor de *El hombre invisible*. Mamá dice que lo conoció. Una vez que fue de vacaciones al Caribe. A la isla del Doctor Moreau. Muy incómodo lugar, nos contó Mamá. Muy extraño servicio. Las recamareras se comían los jabones y rasgaban las sábanas cada mañana. Los meseros entraban por las ventanas con plátanos en las manos.

MARÍA: Lo confundes todo. Estás escribiendo la historia a tu manera.

DOLORES (*reasumiendo un tono lógico, mundano, sereno*): No. Welles adapta al radio a Wells y espanta a los vecinos del estado de New Jersey pero también engaña a los periódicos de la cadena Hearst que dan como cierta la invasión marciana dramatizada por Welles, quien así le roba la primera página a Howard Hughes quien trata de darle la vuelta al mundo en un avión de madera pero se queda sin publicidad debido a Wells, Welles y la Cadena Hearst por lo cual le ofrece a Welles Orson todo el dinero del mundo para hacer *Citizen Kane* y Welles duda entre hacer la parodia anticipada de lo que será la vida futura de Howard Hughes mediante una parodia de la vida actual de William Randolph

Hearst burlándose así de los dos: es decir Welles
Orson invade el futuro de Hughes Howard mediante el pasado de Hearst William Randolph y
Wells Herbert George invade el futuro de
Hearst ofreciéndole una nietecita marciana que
asalta un banco ametralladora en mano el mismo
día en que Hughes huye en helicóptero de Ma-
nagua Nicaragua para morir de inanición, ro-
deado de sandwiches de celofán y botellas de
coca-cola, aislado e invisible. H. G. Wells escribe el hombre invisible que es Howard Hughes
y Welles (¿cuál?) adapta a Wells (¿cuál?)

Pausa.

Lloro a los dos.

Ahora, de nuevo con angustia, se dirige a MARÍA.

¿Quién nos llorará a nosotras?
MARÍA: ¿Quién?

El FAN *hace una imitación de Orson Welles en
la escena de la fiesta juvenil de* Citizen Kane.

FAN: ¿Quién? ¡Charlie Kane!

DOLORES *y* MARÍA *continúan interpretando la escena en la mayor intimidad, totalmente indife-
rentes a las bufonerías de* music-hall *del* FAN.

DOLORES: Sí, ¿alguien llorará por ti y por mí?

FAN (*burlón*): El público agradecido.

MARÍA: Mamá...

DOLORES: No, a ella le dará gusto que nos adelantemos.

FAN: ¿Kane? ¿Quién? ¿Charlie Kane? ¿Por Kane doblan las campanas?

MARÍA: El público... Nuestro público... Nuestro público nos llorará... Escúchalo...

> *Rumor de aplauso creciente, vivas, bravos, ovaciones. Asciende hasta alcanzar un timbre insoportable.* MARÍA *lo escucha imperturbable, más bien con aire de tristeza;* DOLORES *con terror creciente, hasta taparse las orejas y gritar. El* FAN, *mientras tanto, ha ido hasta el excusado, con su bobina bajo el brazo y el proyector portátil en la mano. Retira el teléfono blanco y coloca el proyector encima de la tapa del retrete. Mientras* MARÍA *y* DOLORES *se ocupan abajo en la escena que sigue, arriba el* FAN *prepara una proyección. Se quita el saco y muestra su suéter sin mangas y con diseños romboides. Saca cuidadosamente el rollo de película de la lata, lo coloca junto al proyector, cierra la lata y comienza a enrollar la película. De cuando en cuando, interjecta, es cierto, un calambur de su dudosa cosecha.*

DOLORES (*grita*): ¡No! ¡Qué se callen! ¡El aplauso no! ¡El aplauso nos persigue como un fantasma! ¡El aplauso es peor que un aullido, un susurro o un rumor de cadenas! ¡El aplauso es nuestro Frankenstein: nos creó, María, y nos mató!

75

Fan: El Ciudadano Frankanestein.

> María *le presta su apoyo a* Dolores. *Las dos se sientan* abajo, *sobre el piso, la cabeza de* Dolores *apoyada sobre el hombro de* María. María *acaricia la cabeza de* Dolores. Dolores *se abraza a la cintura de* María.

María: Yo te lloraré, hermanita, si te vas antes que yo.

Dolores: Juntas. Juntas.

María: ¿Tú me llorarás a mí?

Dolores: No, juntas, por favor. ¿Quién me cuidaría?

Fan: ¿Kane o Abel?

María: ¿Me necesitas?

Dolores: Tú lo sabes. Mi recuerdo... eres tú.

María: ¿Me perdonas no ser como tú...?

Dolores: ¿Oveja negra?

María (*asiente*): Betún.

Fan: La Ciudadana Caín.

Dolores: Creo que te envidié un poquito tu vida.

María: Y yo la tuya, muñequita.

Dolores (*con un mohín*): Ya no me eches más en cara que somos distintas.

María: No. Yo no te envidié. Yo no me quejo de nada. ¿Quién nos quita lo bailado?

Fan: An Amerikane in Paris what's who.

María: ¿Te arrepientes de no haber hecho alguna cosa?

Dolores: ¿Un hijo mío?

MARÍA: No. No. Te lo hubieran quitado. Yo no lo dejé. Me lo quitaron.

DOLORES: Siempre se dijo que lo abandonaste.

FAN: ¡Kaneinfamia!

MARÍA (con voz dura): No. Ellos me lo quitaron.

FAN: Caínfante difunto.

MARÍA (prosigue indiferente al FAN): El público. Los productores. Todos ellos. Se pusieron de acuerdo. La mujer sin alma no podía tener un hijo. Sería un contrasentido. La devoradora se comió primero a su hijo.

FAN: ¡Cainíbal!

MARÍA (a DOLORES): ¿Sabes qué cosa te envidio?

DOLORES: ¿Qué, mi adoración, qué ni pobrecita doña?

MARÍA: Tú nunca tuviste que mentir.

FAN: Hughes lying?, jaguar.

DOLORES (con un relámpago de coquetería): ¡Ooooh, si supieras! Una vez me casé a los cincuenta y mi marido tenía cuarenta. Me pidió que los dos declarásemos en la ceremonia tener cuarenta, pues para emparejarnos. Cuando el juez le preguntó su edad, él contestó muy serio: "Cuarenta años". Cuando me preguntó la mía, yo contesté muy risueña: "Veinte años".

> Las dos ríen y se abrazan, contentas, recobradas en su relación más íntima.

MARÍA: Bórralo. A mí, cuando me lanzaron, me fa-

bricaron una biografía oficial que no era la mía.
Ni mis orígenes, ni mis matrimonios, ni mi hijo.
Nada. La leí asombrada. Yo era otra. Mi vida se
había esfumado.

FAN: Hughes Who? That's Hughes, Jaguar.

MARÍA: Mis esposos... mi hijo... mis amantes... habían sido escondidos, sacados de las fotos en las
que aparecía con ellos.

DOLORES: ¡Jesús! Como el pobre de Trotsky.

FAN: Jaguar Whose? Leon Brainstain, that's whose.

MARÍA (*sonrisa amarga*): Esfumados. Nunca existie-
ron, ¿ves?

FAN: ¡Jesús! La Cruci Ficción.

DOLORES: ¿Por qué lo aceptaste?

MARÍA: Porque quería ser querida. Quería ser admirada. Lo merecía. La mitad de mi vida fue usada
por los demás. La otra mitad la empeñé en tener
éxito para recobrar la vida que los demás me quitaron.

FAN: You Kane take it with you.

MARÍA: Todo lo que he hecho es para ser querida y
admirada. Primero admirada, me dije, que el cariño vendría después.

FAN (*jugando a las tortitas con sus manos*): Patty
Hearst, Patty Hearst, where are you?

MARÍA: Pero todo esto que te digo no es cierto. La
verdad, entonces y ahora, es que yo quiero que
me quieran, yo quiero ser amada, Lolita, y para
ello estuve y estoy dispuesta a pagar cualquier

precio, la humillación primero y la gloria después y el olvido ahora, ¿te das cuenta?

DOLORES: El olvido ahora...

MARÍA: Sí, porque ahora tenemos que ser olvidadas, Lolita, para que nuestras películas sean recordadas. Nuestras películas como que no tienen tiempo, ¿tú sabes?, son eternas...

DOLORES (*ensoñación*): Son como el perfume que quedó de nuestras vidas...

MARÍA: Sí, nuestras películas son lo único que se burla de nuestra edad y la vence: contra la infancia triste, una película...

DOLORES: No, fue muy alegre... moños y aros y carruseles...

MARÍA: Contra la adolescencia pobre e incierta, una película.

DOLORES: No, no, bailes y novios y lunadas...

MARÍA: Sí, contra la juventud mugrosa, vendida y humillada, una película...

DOLORES: No, Hollywood, la invitación a Pickfair, el contrato con la Warner, la piscina, el galgo, el parasol de seda y el sombrero de organdí...

MARÍA: Sí, Guadalajara, la invitación a Chapala, el contratillo con el productor que exige la mercancía por adelantado, el motelucho, los perros hambrientos ladrando, los mariachis callaron.

DOLORES *abraza apasionadamente a* MARÍA.

DOLORES: Ya no, ya no María, ahora somos realeza las dos, reinas las dos, flotando para siempre en nuestras góndolas por el Gran Canal de Venecia, rumbo al palacio donde los dogos nos esperan.

Pausa.

Dos reinas de un solo dominio. Seremos recorda-das. Nada ha sido olvidado.

FAN: Nada ha sido olvidado.

El FAN enciende el proyector. La luz debe cegar al público, molestarlo físicamente como para su-plantar la visión que se le va a negar. La proyec-ción del FAN será vista por él, por MARÍA y por DOLORES, e imaginada por el público, pues se su-pone que la pantalla ocupa el lugar del público.

MARÍA: Cualquier precio. La humillación primero y la gloria después y el olvido ahora.

FAN: *Sorry*. Les advertí que yo tengo todas las pelícu-las que ustedes hicieron, muchachonas. Perdón. De usted, Lolita, sólo me falta *Carmen*. (*A* MARÍA) De usted, en cambio, no me falta *nada*... ni ésta...

A medida que se desarrolla la proyección del FAN, DOLORES mira con azoro primero, luego con vergüenza, al cabo se tapa los ojos y solloza, ne-gando muchas veces con la cabeza, incrédula. MARÍA permanece imperturbable, ni triste ni ale-

gre, más bien grave, severa, como si viese una
danza de la muerte.

FAN: Es increíble lo que se encuentra en los viejos archivos de un viejo periódico como el *Los Angeles Times*. Estas son cosas que los chicos de la redacción heredan de los ejecutivos, imágenes ejecutadas, ¿eh?, ya un poco vistas, sobadas y pasadas de moda... pues hasta la peor pornografía aburre si se ve más de dos veces, el sexo es algo tan mecánico, dos veces ya no, pero una vez siempre, la primera vez siempre es sorpresiva y excitante. Madre santísima, nos decimos, esta vez será mejor, esta vez será verdad. ¿La verdad? ¿La verdad? El cine, ¿será la verdad porque en la oscuridad nos devuelve al mundo del puro gesto anterior al lenguaje, cuando no era necesario hablar para decir te quiero, te odio, voy a salvarte, voy a matarte, huye, ven...?

Pausa.

Pero ustedes no me oyeron. Estaban muy preocupadas con sus ridículas mentiras. ¿La verdad? No. Miren nomás esas monerías. Él, de verdad parece un chango, un gorila, y al gorila se le obedece sin pensar. Dice: huyamos porque hay peligro. Y todos —todas— huyen sin exigir comprobante. Y ella... ella parece que va a rasgar las sábanas y a comerse los jabones. Qué vulgaridad, Dios santo. ¿Para esto fuimos creados a imagen y semejanza etcétera? ¿Para comportarnos así, peor que brutas fieras y en una cama, ooooh, quizás en la misma cama donde nacimos y donde vamos a morir, la cuna y la tumba de nuestros inmundos placeres, ooooh!

> *El* FAN *deja rodar la película y avanza, con saña, hacia* MARÍA *que está sentada abajo, junto a* DOLORES. *El juego de la luz blanca, cegadora y las sombras de los cuerpos debe ser alucinante y la lucha del* FAN *y* MARÍA *proyectarse a su vez como una parodia enconada del acto sexual.*
> *El* FAN *toma a* MARÍA *por las muñecas y trata de levantarla.*

FAN: Siento negarte el olvido. Mira. Mírate, orquídea, en tu verdadera luz.

> *Le toma bruscamente la nuca para obligarla a ver las imágenes.*

¿Te acuerdas? ¿Recuerdas cuando hiciste eso? ¿Qué año fue... treinta y cinco, treinta y seis? Mira qué técnica más primitiva... ni siquiera usaron sonido... de a tiro roñosos...

> *La voz de* MARÍA *tratando de librarse del* FAN, *es la de un dolor negativo, gemebundo. El* FAN *la levanta por las axilas.*

FAN: El rollo estaba olvidado en el archivo más viejo del *Los Angeles Times*. Huíste de México para

82

huir de tu juventud perdida, cruzaste el desierto y no se te apareció You Know Who, lo que se te apareció fue tu olvidada y podrida y apestosa juventud: mírala. ¿Quién iba a preocuparse por ver una película pornográfica de mediados de los años treinta, con una muchachilla olvidada que hoy sería un vejestorio? Ughhh. A nadie le gusta pensar que su madre también cogió, que su abuela abrió las piernas y Dallas Texas, que su hermana mamó la leche de la bondad humana, que su hija también va a ir de vacaciones a la isla del Doctor Moreau... que todas aullaron de placer con *otro*, le dijeron a otro lo mismo que a ti: *Métemela*...

MARÍA (*en la lucha, defensiva*): Macho... macho repugnante...

DOLORES (*ojos cubiertos*): ¡Ya no, basta!

MARÍA: ¿Un hombre no abre las piernas igual, un hombre no mama y es mamado, un hombre no coge y es cogido, no es cogido *cuando* coge?

DOLORES (*en la defensa suprema, canturrea para transformar la realidad*): "No me platiques ya, déjame imaginar que no existe el pasado y que nacimos el mismo instante en que nos conocimos".

MARÍA (*al* FAN): ¿Sólo tú puedes ser dueño de tu cuerpo, cabrón macho?, ¿una mujer, no? (*Grita.*) ¿¿¿¿Una mujer, no????!!!!!

> *Arroja al suelo al* FAN. *Lo patea. La película*

MARÍA: Yo te voy a capar, marica.

FAN (*desde el piso*): ¡Tortillera!

MARÍA: Si todos lo hombres fueran como tú, ¡me canso!

Le da una patada final, espectacular.

Vieja, pero más macha que tú. Vieja, pero te sigo excitando, ¡eunuco!

DOLORES *se incorpora y se interpone entre* MARÍA *y el* FAN.

DOLORES: Ya no. Perdónalo.

MARÍA (*se encoge de hombros*): Tienes razón. Este enano me hace los mandados.

DOLORES (*extrañamente conciliadora*): Además tú lo sabes. Le debemos algo muy importante.

MARÍA: Cómo no. Ya lo sé. Él nos reconoció. Pero a qué precio.

DOLORES: Lo que esperamos toda la vida.

MARÍA: Desde niñas. Desde que fuimos juntas a un programa doble del cine Balmori: "Doña Bárbara y María Candelaria". Muéganos, chicles, chocolates, cácaro.

DOLORES: Sí desde entonces.

MARÍA: ¿Y tú crees que hoy triunfamos?

DOLORES (*forzándose*): Sí. Gracias a él.

> MARÍA, *ligeramente desconcertada, prefiere mirar*
> *con desprecio al* FAN *tirado por tierra.*

MARÍA: ¿Qué quieres, gusano?

FAN: ¿Puedo levantarme?

> MARÍA *hace una mímica de la buena educación.*

MARÍA: Estás en tu casa, gandalla.

> El FAN *se levanta penosamente, sacudiéndose las*
> *rodillas y los hombros, ajustándose la corbatita*
> *de moño. Hace algo inesperado: toma de la*
> *mano a* DOLORES.

FAN: Quiero que ella venga conmigo.

> *Diversos sentimientos en conflicto aparecen en el*
> *rostro de* DOLORES. *La incredulidad, el asco, la*
> *resignación, la voluntad de sacrificio. Opta por*
> *una actitud cómica de joven virgen.*

DOLORES: ¿Yo?

MARÍA (*al* FAN): ¿Qué necesitas, nana o enfermera?

FAN: No. La quiero para mí.

MARÍA: Te advierto. No sabe zurcir y no tiene dote.

DOLORES (*fingiendo su trance*): ¿Yo?

FAN (*a* MARÍA): Quiero casarme con ella.

DOLORES (*mirando con embeleso al* FAN): ¿Tú?

> *En este momento,* DOLORES *parece haberse per-*
> *suadido de su propia comedia.* MARÍA *la corrige*
> *con la incredulidad y la burla.*

María (*al* FAN): Oye, no me pidas permiso a mí. La señora ya está crecidita.

Fan (*a* DOLORES): ¿Sí? ¿Desde *La Selva de Fuego* dirigida por Fernando de Fuentes con Arturo de Córdova?

María (*burlona, pero con humor defensivo*): Ándale, Lolita, no te olvides que te va a escribir la esquela fúnebre. Más vale quedar bien con él.

Dolores (*reacciona confusamente*): ¡Vive Dios!

María: Desde ahorita.

Dolores (*manos a las sienes*): ¿En qué pienso? Este mequetrefe ha venido aquí a injuriarte... a insultarnos a las dos, con su inmundicia... su porquería enlatada...

María (*cada vez más segura de lo que se aproxima*): Porras, mi Lola... Siquitibún...

> DOLORES *toma su actitud melodramática más acentuada.*

Dolores (*al* FAN): ¡Fuera! ¡Fuera de aquí, caballero! ¡Respete nuestra edad provecta y nuestros merecimientos artísticos!

> *Señala hacia* MARÍA.

La señora y yo... somos reinas.

Fan (*tranquilo*): Pues una de ustedes va a ser destronada apenas ponga en circulación el cortometraje de Popeye y Olivia que les acabo de proyectar.

DOLORES (*manos a la cintura*): Bah. Lleva medio siglo durmiendo en un archivo y nadie se ha interesado...

FAN: Porque nadie sabía que era *ella*.

DOLORES: Nadie la reconocerá.

FAN: Apenas sepan que es ella, todos dirán que es ella, aunque no la reconozcan. Querrán reconocerla, ¿sabes? Así es la gente.

DOLORES: ¡No se atreva a tutearme, igualado!

FAN: Suave. Pero yo he completado la filmografía de la señora. Creían que estaba completa, y no. Soy como Champolión: ya pueden saber lo que decían las momias, ah qué la...

Pausa.

Quiero decir: lo que *hacían* las momias, de chiquitas.

Ríe vulgarmente.

FAN: Todos acaban por reconocerse. Ella dijo: "Mi hijo..." Eso me bastó para reconocerla. *Amor y sexo*, 1960.

DOLORES (*decisiva*): Está bien. ¿Cuánto quiere a cambio de la copia?

FAN: ¿Eh? Son muchas, le advierto.

DOLORES: Se las compraremos todas. ¿Verdad que sí, María?

FAN: No. Usted o nada.

DOLORES (*relámpago de coquetería*): ¿Yo?

MARÍA (*a* DOLORES): Tú. Tú o nada.

FAN: Usted o nada. Así de claro. Más fácil que dele-
trear Zbigniew Brzezinski.

> *Pausa.*

Tú.

> *Desconcierto de* DOLORES. *Silencio.* DOLORES *va
> hacia su altarcito. Como en las clásicas películas
> mexicanas, se hinca a pedirle consejo a la Madre
> de Dios.*

DOLORES: Madre mía de Guadalupe.

MARÍA (*ensimismada, seria*): En pecado concebidos,
todos...

DOLORES: Dios te salve, gracia plena...

MARÍA (*sonríe*): Porque si no nos concibiéramos en
pecado, ¿qué chiste tendría?

DOLORES: Bendita tú eres entre todas las mujeres...

MARÍA: El señor es contigo nomás para concebir en
pecado al hijo de la desgracia...

DOLORES (*brazos abiertos*): Alabado, alabado, alabado...

MARÍA (*brazos cruzados*): No me arrepiento, ¿me oyen
todos?, yo no me arrepiento de nada. ¡Órale!

> DOLORES *se persigna. Se levanta. Toma su alcan-
> cía en forma de marranito. Lo acaricia, con tris-
> teza.* MARÍA *enciende su purito negro.*

MARÍA: Por mí no te atormentes, muñeca.

DOLORES *levanta la cabeza con una especie de esperanza torpe.*

Quiero decirte algo: la decisión es tuya, nomás faltaba. Pero a mí, un escandalito me hace... lo que al aire al Benemérito de las Américas, tú.

DOLORES (*murmura*): Los mandados.

MARÍA: Eso mero.

DOLORES: Lo que yo llevo años haciéndote.

MARÍA: División del trabajo. Yo te sacaba a pasear, ¿recuerdas?

DOLORES: Un hombre al cual hacerle los mandados... plancharle las camisas... coserle los botones... guisarle los frijoles. Nunca lo he hecho. Siempre hubo un *butler* en casa.

MARÍA: Entonces ésta es tu chance, golondrina.

DOLORES (*temblorosa*): No, María, no, ¿cómo crees?

MARÍA: ¿Que puedas dejarme? Óyeme: como yo te dejaría a ti.

DOLORES: ¿Tú... a mí?

MARÍA: Seguro. No por este renacuajo miope. Pero por un músico poeta, por un charro cantor, hasta por un mariachón bien dado, ¿por qué no?

DOLORES (*inquisitiva, reflexiva*): ¿Porque *ella* los tuvo... porque esa fue parte de *su* vida y así tú completarías la tuya que es una imitación de *su* vida?

MARÍA *no responde.*

Pero un joven autor de notas necrológicas y chantajista por añadidura, alguien así no figura en mi vida... digo, en la vida de *ella.*

MARÍA: No. Que yo sepa, no. Sería una novedad. Fuiste demasiado decente.

El FAN *interviene para apresurar las cosas pero también ocultando una cierta alarma.*

FAN: Bueno, decídanse. Van a dar las tres. Tengo que regresar al periódico. Mis cadáveres me esperan.

MARÍA: ¿Nadie se puede morir sin ti, babotas?

FAN: No. Nadie importante, no.

MARÍA: Ah.

En un arrebato, DOLORES *se hinca frente a* MARÍA, *le abraza las piernas, apoya la cabeza contra las rodillas de la otra mujer.*

DOLORES: A ti no te importa el escándalo, pero a mí sí, a mí sí...

Mira con ojos llorosos e implorantes a MARÍA.

¡Somos reinas, las dos, juntas, si una cae la otra se derrumba, si una es herida la otra muere!, ¿no te das cuenta?

MARÍA: Pero a través del público, recuerda, Lolita, tú sólo te quieres y me quieres a través del público...

90

Mira al FAN. Lo presenta con un gesto elegante del brazo como si se tratase del Príncipe Azul de un cuento de hadas. El FAN se ajusta la corbatita de moño y toma su saco.

Aquí lo tienes.

DOLORES: ¿Tú me quieres a mí?

MARÍA: Nadie más, ni tú misma, te quiere tanto, porque nadie, ni tú misma, te quiere sola, sin tu público, más que yo...

DOLORES: ¿Entonces?

MARÍA: Entonces tú decides, hermanita mía.

DOLORES (*presa de dudas*): Doña, Doña, Doña...

Se cubre la cabeza con el rebozo. Acaricia al marranito. El FAN se pone el saco. DOLORES asume un sonsonete indígena.

Ay, nuestro marranito, Lorenzo Rafáil, que no nos quiten a nuestro marranito... es lo único que tenemos...

Lo coloca en su lugar. Mira a MARÍA.

No me dejes sola. No haré nada malo. Es mejor matar a nuestro marranito. Al cerdo.

Cambia de tono. Finge altivez. Le extiende la mano al FAN, quien la toma ávido. DOLORES vuelve a dirigirse a MARÍA.

91

Es cierto, mi amor. Sé que no me vas a dejar de querer por esto.

Se encoge de hombros.

Después de todo... un hombre... Para todos, fui una menos. Para él, seré una más.

El FAN ha abierto la puerta con un leve ruido de goznes que rechinan. El FAN y DOLORES salen velozmente, dejando la puerta abierta. Durante algunos segundos, MARÍA mira fijamente hacia la puerta. Nuevamente deja caer el puro negro dentro de la tetera. Luego se arroja sobre la puerta y la cierra. Se escuchan los mismos ruidos carcelarios y metálicos que durante la entrada del FAN. MARÍA se recarga contra la puerta cerrada y reprime un sollozo, mordiéndose el puño. Corre hacia el altar de DOLORES, toma la alcancía en forma de cerdo, la mira con sorna.

MARÍA (*mímica*): "No tenemos otra cosa en el mundo, Lorenzo Rafáil".

Estrella violentamente el objeto de barro contra el piso. Jadea. Se recompone. Va al teléfono. Marca nerviosamente un número.

MARÍA: ¿Bueno? ¿La Fonda La luz del Día? Habla Lupe Vélez... No, lo de siempre no, gracias... ¿Cómo?... No, le digo que el portaviandas de siempre no, óigame. Esta es una ocasión especial. Voy a ordenar... Sí, saque el lapicito... No, eso no, no sea majadero. Viejo lépero, como si le interesara a alguien esa ruina tolteca. Mire, quiero hablar con el patrón... Sí, con don Pancho Cáceres, rápido... ¿Bueno?... ¡Patroncito! Mire, esta es una ocasión muy especial... Sí, ya lo sé... pero ¿sabe qué? Me quedé sola, don Panchito, y tengo hambre... Ay, yo lo sé, patroncito, a usted me lo mandó Diosito santo... Mire: para empezar, su caldo tlalpeño con su epazote y su chile piquín, luego las quesadillas de huitlacoche, dos, sí, y dos de flor de calabaza, a ver, dos sincronizadas y unos sopes. El pambazo, ¿saben todavía hacer el pambazo un poco mojadito, como lo hacían en Guadalajara hace años? (*Ríe.*) Ah, qué bueno. Sí, la lechuga en tiritas muy finas y el chipotle muy jugoso, no quiero esas resequedades que a veces me mandan que es como comerse los guantes viejos de doña Consuelo Guerrero de Luna... No, espéreme, si apenas estoy empezando... Luego los huevos motuleños, muy bien sazonados, y un platillo de papadzul, la salsa de almendras muy ligerita por favor, no se trata de morir de indigestión... ¿Queso relleno? ¿Le llegó desde Mérida hoy? Ay, patroncito, si Juárez no debió de morir, ¿qué vamos a decir de usted cuando? A todo dar, sí mi señor. Vamos con los taquitos pues, de esos muy finos y suaves, la tortillita nomás calentada pero sin freír, por favor, fritangas ya sabe que conmigo no... Los chiles rellenos cómo no, si las granadas están buenas, pero que me truenen entre los dientes, ¿eh?, la última vez me las mandó todititas aguadas, ah cómo será, marchante, ¿no soy su mejor clienta?... Vamos a ver: los tacos, variaditos, que en la variedad está el gusto, cómo no, de nenepil, panza, cachete y lengua, con su guacamole al lado, nomás faltaba. Las enchiladas verdes, nomás verdes, que me sepa fresco el molcajete... Y ahora sí el plato fuerte, ¿qué me ofrece?... mole, no... o quién sabe, total, sí... pero mejor en escabeche oriental, ¿tiene escabeche oriental?, con su cebollita y sus rajas, que yo sienta que se me evapora en la lengua, que ni me toca el paladar, ¡ay patroncito, usted sabe lo que es la nostalgia de la patria, cómo no lo va a saber usted que vino aquí a California hace veinticinco años a pizcar limones y se quedó a alimentarnos a la chicaniza, mire nomás patroncito! ...No, no exagere, un tamal oaxaqueño a estas alturas... usted quiere matarme de cariño... si lo que quiero es bajarme el banquetazo. ¿Está fresco el pulque?... ¿De donde se lo traen? No, no me diga que desde Tijuana, o me lo trae de Texcoco o de plano... ¿Sí? ¿El torero? ¿Silverio Pérez le hace llegar pulque por avión diario de Texcoco a Los Angeles? ¡Lo que es el progreso! Curado de fresa, me canso... (*Ríe.*) Oh tierra del sol, suspiro por verte... Cajeta quemada, una cucharadita, jamoncillo, una

briznita así. Y mucha fruta, marchante, muchos
colores para mi banquete, toda la santa Repú-
blica Mexicana en colores de frutas para mi banquete, mangos amarillos y papayas color de rosa
y zapote prieto y mamey ocre y guanábanas
blancas y membrillos pardos y tunas verdes y
granadas rojas y tequila, mi patrón del alma, mucho tequila, mucha sal, mucho limón y sangrita
de la viuda, sangre de Jalisco, faltaba más, que
desde que el Curita don Miguel Hidalgo pren-
dió la llama de la independencia, ningún hijo de
su pelona ha sido capaz de apagarla. ¡Amén!...
¿Cómo? No, no es una fiesta, es para mí, patrón,
que me quedé solita... que me quedé libre. Un
mariachi, patrón, un mariachi de a deveras, tapa-
tío, trompetero, que se las sepa toditas, ¡no me
falle, don Panchito, a las ocho de la noche, si me
falla hoy me falló para siempre, se lo juro por su
mamacita...! (*Dulce y resignada.*) Gracias, mi patroncito simpático... Gracias, hombre bueno.

*Cuelga el teléfono. Inmóvil un instante. Estira
los brazos, como si se desperezara. Camina de
prisa a su altar personal. Abre una gaveta. Saca
una botella de medicamentos. Debe entenderse
claramente, por el tamaño y color del frasco y las
píldoras, que se trata precisamente de eso.* MARÍA
*saca de la botella una píldora, otra y otra y otra,
hasta la docena, se las mete a la boca como pasti-
llas de dulce. Termina. Se detiene. Un instante
de azoro. Intenta escuchar o sentir algo. No pasa*

nada. *Camina al vestidor. Toma el traje de Cleopatra. Se adelanta con él en brazos abajo, centro, extremo. Un telón blanco se corre detrás de ella para ocultar el ligero cambio de escenario arriba extremo. Se escucha la música del bolero "María Bonita". Sobre el telón blanco, se mira la proyección de un montaje de películas en el que alternan solamente acercamientos de María Félix y Dolores del Río: películas de todas las épocas, con todos los trajes, pero siempre con el rostro alternado de las dos mujeres: dos rostros eternos, en efecto dos rostros que de alguna manera son uno solo. Lentamente,* MARÍA *se pone el gran batón ceremonial de Cleopatra. Cuando termina de hacerlo, terminan también la canción y la película. Se escucha el trompetazo inicial del son mariachi "La Negra". Se abre el telón que sirvió de pantalla. El escenario original, sin perder ninguno de los detalles que conocemos —sigue siendo el apartamento de* DOLORES *y* MARÍA *en Venice, California— tiene ahora una armonía que le da la ausencia de los vestidores y el cúmulo de ropas en el centro. En vez, el espacio central es ocupado por una mesa de banquetes colmada de platillos y antojos mexicanos, barricas de pulque y botellas de tequila, ollas de barro y platones desbordantes de fruta. Hay un gran sillón ceremonial faraónico al centro de la mesa y detrás de ella, la banda de mariachis tocando. Aparecen las* ESCLAVAS NUBIAS, *dos hermosas muchachas vestidas como Aída en la ópera de Verdi, con grandes abanicos en las manos, semidesnudas, descalzas, cantando las estrofas de la zarzuela*

La Corte de Faraón *en contrapunto con los* MARIACHIS *que ahora tocan "Las Olas de la Laguna":*

ESCLAVAS NUBIAS (*cantan*): Ay Ba, ay Ba, ay Babilonio que marea, Ay Va, Ay Va, Ay Vámonos para Judea...

> MARÍA *camina reposadamente hacia su trono, seguida por las* ESCLAVAS *que la abanican y luego dejan los abanicos para apartar el trono mientras* MARÍA *toma su lugar. En seguida una de las* ESCLAVAS *corona a* MARÍA *con el aparatoso penacho de la reina egipcia y la otra le ofrece las insignias ptolomeicas que* MARÍA *se cruza sobre el pecho. Las* ESCLAVAS *comienzan a servirle la comida a* MARÍA. *Se la dan en la boca, como a una niña, le manchan de mole los labios, de frijoles la barbilla pero* MARÍA *no pierde su compostura hierática, imperial. En sus ojos, sin embargo, comienza a aparecer una turbación mortal. Se incorpora con un aire de desesperación.*

MARÍA: Gracias, pueblo. Gracias por acompañarme en mi soledad. Ustedes han comprendido nuestro sacrificio.

> *Las* ESCLAVAS, *como autómatas sincronizadas cibernéticamente, tararean el aria de* La Traviata, *"Conosca il Sacrifizio".* MARÍA *levanta su copa de pulque.*

¡Si ellas nos hubieran visto, defendiéndolas a *ellas* del chantaje, si hubieran visto cuando Dolo-

res le dijo al cerdo, ¿cuánto, cuánto por las co-
pias?! En nombre de *ellas*, aferradas a *ellas*, a sus
películas, porque sin ellas no tenemos manera de
volver allí, a la tierra que perdimos, Dolores...

> Los MARIACHIS *tocan y las esclavas cantan*
> *"México lindo y querido, si muero lejos de ti".*

¡Oh tierra del sol, suspiro por verte, ahora que
lejos yo vivo sin luz, sin amor, y al verme tan
sola y triste cual hoja al viento, quisiera llorar,
quisiera morir de sentimiento!

> *Deja caer la copa y cae sentada ella misma, pesa-*
> *damente, enferma.*

Dejamos la tierra del sol para venirnos a vivir a
la cueva oscura del norte, ay Dolores y la condición fue no separarnos nunca, las dos bestias
nunca se separan, cuando una devoradora sale a
buscar su alimento la otra la acompaña, no es po-
sible separarse... Es la condición para vivir, ¿entiendes?, sola cada una volvemos a la selva de
fuego, no a Dios sino a la selva: Todos los muertos son más jóvenes que Dios, no lo olvides, no
me olvides, oh tierra del sol, suspiro por verte...

> MARÍA *pierde el movimiento de la cabeza. Deja*
> *caer los cetros en una olla. La cabeza le gira sin*
> *gobierno. Se lleva las manos a las sienes. El pe-*
> *nacho cae.* MARÍA *se levanta. El* MARIACHI *calla.*

¡No! ¡No me quiero morir! ¡Todavía no!

> *Todos le abren paso. Camina tambaleándose a lo largo de la mesa de banquetes. Al llegar al extremo, se cuelga del mantel, lo arrastra y lo derrumba todo. Las* ESCLAVAS NUBIAS *intentan correr a auxiliarla. Uno de los* MARIACHIS —*sospechosamente parecido a Jorge Negrete*— *las detiene.* MARÍA *avanza sola, en silencio. El teléfono blanco suena. Está, como siempre, encima del retrete blanco.* MARÍA *gira, se apoya en la mesa, cae de rodillas y avanza a gatas hacia el teléfono* —*y el retrete. Trata de alcanzar el teléfono. Lo hace caer. Se escucha la voz de* DOLORES *desde la bocina:*

DOLORES (*voz* off): ¿Bueno? ¿Bueno? ¿María? ¿María? ¡Contéstame!

> MARÍA *trata de articular palabra, pero no puede: los somníferos están haciendo efecto.*

María... ¿qué te pasa, mi amor? Óyeme. Tengo algo que decirte.

MARÍA: Dile... dile a tu novio... que mañana tiene chamba...

DOLORES: María bonita, María del alma...

MARÍA: Que me prepare una bonita despedida, dile...

DOLORES: ¡María! Voy para allá, ¡María, María de los Ángeles!

MARÍA: Que me lleven a la tierra del sol a enterrar... Que digan que estoy dormida y que me...

DOLORES: Voy a colgar... voy...

MARÍA: Dolor... Dolor... es... que no me quiero morir, mi amor...

> Click *al colgar* DOLORES. MARÍA *continúa con la bocina en la mano.*

Yo también te amo. Yo soy tú, ¿no lo sabías? Las dos somos Dolores y María para no ser nosotras... Voy... voy a vomitar, Lolita... a ver si se me baja... a ver... ayayay... ¡Ahora van a ver quién es Doña Diabla!

> *Durante esta escena, las* ESCLAVAS NUBIAS *han salido del escenario y los* MARIACHIS *primero han dado la espalda y en seguida salen tocando "Las Golondrinas". Cuando* MARÍA *abre la tapa del excusado para vomitar, está sola en un escenario de luces extinguidas, salvo la que la ilumina de hinojos, postrada ante el retrete blanco, intentando vomitar hasta que, exhausta, clava la cabeza en la taza y se escucha un ruido espantoso de ahogo, un espasmo mortal, una asfixia inapelable. Los* MARIACHIS, *off, tocan y cantan la "Canción Mixteca" completa:*

¡Qué lejos estoy del suelo donde he nacido!
Intensa nostalgia invade mi pensamiento;
y al verme tan solo y triste cual hoja al viento,
quisiera llorar, quisiera morir de sentimiento.

¡Oh, tierra del sol!, suspiro por verte
ahora que lejos yo vivo sin luz, sin amor;
y al verme tan solo y triste cual hoja al viento,
quisiera llorar, quisiera morir de sentimiento...

La música también se extingue poco a poco. Se escucha rumor de pies ascendiendo rápidamente una escalera. Un manojo de llaves nerviosamente empleadas. Al cabo, la puerta se abre y DOLORES *aparece, ahora vestida sobriamente, con un abrigo negro, medias y zapatos modernos, pero con un sombrero de los cuarenta. Grita al ver a* MARÍA *arrojada con la cabeza dentro del retrete, corre hacia ella, le saca la cabeza mojada, grita, llora, le arrulla la cabeza, mirándola frente a frente. Luego la deja caer en su regazo.*

DOLORES: María, María Bonita, debiste tener confianza en mí. Ese canalla no volverá a escribir una línea ni amenazará a nadie nunca más, ¿me entiendes, Mariquita? ¿Por qué no me entendiste? Te lo dije al partir, voy a matar al marranito, vamos a matar al cerdo... lo hice por ti, hermanita santa, amor de mi vida, ayayay. ¿Cómo no me esperaste?... Ayayayayay...

> *Súbitamente, como si recordara algo, se tapa a sí misma la boca. Mira con sospecha alrededor. Ha dejado la puerta abierta. La mira con terror.*

Pero no hagas ruido, María de los Ángeles, Mamá nos puede escuchar. ¿Sabes? Le daría demasiado gusto saber que te moriste más joven que ella. ...No debe enterarse... Qué bueno... qué bueno que ese... caballero... ya no podrá informarle al mundo... de tu muerte... porque nadie debe enterarse... Mamá menos que nadie... Nadie deberá enterarse... Todos deben creer que tú nunca has muerto, que eres la belleza inmortal... No habrá ceremonias fúnebres, María Bonita... Nadie asistirá a tu entierro... más que yo... Tu entierro es hoy... Estás de regreso en México... en la tierra del sol... Ya no estás en Venice ni en Venezia... Que digan que estás dormida y que te traigan aquí... Tu entierro es hoy... esta es la ceremonia... nadie debe saber...

MARÍA y DOLORES *componen una Piedad femenina.* DOLORES *recita el soneto de Luis Sandoval y Zapata,* A una cómica difunta. *Es la ceremonia fúnebre.*

Aquí yace la púrpura dormida;
Aquí el garbo, el gracejo, la hermosura,
La voz de aquel clarín de la dulzura
donde templó sus números la vida...

Y lo alterna con sus preguntas a MARÍA:

¿Qué me dijiste esta mañana? Trato de recordar, María. Algo que debemos recordar ahora, lo sé. Tú tenme confianza, me dijiste. A Mamá sí le va a importar que tú y yo nos muramos. Tú tenme confianza. (*Vacila un instante.*) ¿Tenme confianza? Tú no me la tuviste... Creíste que yo... yo y ese... ese...

DOLORES *se tapa la boca, reprimiendo la náusea.*

Lo hubieras visto. Me invitó un champagne de tercera, californiano, ¡a mí! Rompí la botella, se rió, con el cuello de vidrio rajado de su botella de champagne imbebible le rajé el cuello para que sólo bebiera su propia sangre...

Reprime la náusea. Se recompone citando, con voz difícil, el soneto:

"*La representación, la vida airosa...*" Él ya no reirá más.

Se interrumpe a sí misma. Mira a su alrededor.

Tenme confianza, dijiste. A Mamá sí le va a importar que muramos. ¿A Mamá sí le va a importar? ¿Cómo? ¿Cómo?

Mira con terror hacia la puerta. Se salva, nuevamente, en la poesía.

La representación, la vida airosa
Te debieron los versos y más cierta,
Tan bien fingiste...

Mira hacia los altares.

Tu altar. Mi altar. Así les pusimos, desde niñas. Para guardar en sus cajones nuestros recuerdos, nuestras ilusiones y nuestros rezos. ¿Allí está el secreto?

Su atención se detiene en el proyector que usó el

FAN, *colocado sobre la fuente de porcelana del retrete.* DOLORES *levanta dulcemente la cabeza de
MARÍA, la deja reposar en el suelo y se incorpora
poco a poco, recitando en voz baja, hasta culmi-
nar en un réquiem que es también un aleluya:*

DOLORES:

Tan bien fingiste —amante, helada, esquiva—,
Que hasta la Muerte se quedó dudosa
Si la representaste como muerta
O si la padeciste como viva...

> *Pausa. Luego precipitadamente:*

¿La cámara, María? ¿La cámara es nuestra sal-
vación? ¿En la cámara de cine se reúnen nuestras
oraciones, la cámara es nuestro altar común, mi
amor?

> *Llega hasta el proyector. Lo enciende. Como en
> la anterior escena, la luz ciega al público.*

Ah, mírate, qué hermosa y enamorada, siguiendo
a Pedro Armendáriz rumbo a la revolución, Enamorada, Flor Silvestre, la vida airosa, mírame siguiendo a Pedro Armendáriz rumbo al paredón,
Enamorada, Flor Silvestre...

> *Hace girar el proyector hacia el fondo del escena-
> rio para que allí, en el espacio liberado detrás de
> la mesa de banquetes, se proyecten de nuevo las
> imágenes alternadas de las dos estrellas.*

104

DOLORES (*apartándose del proyector*): Voy a dejarlo correr, María. Ya te entendí. Ay sí, por Dios que te entendí, el garbo, el gracejo y la hermosura... Que corran para siempre nuestras películas, sin interrupción, que Mamá nos oiga en el piso de arriba, que oiga nuestras voces y muera poquito a poco, en su silla de ruedas, vestida de china poblana, la vieja atroz, creyendo que puede quitarnos la vida porque nos dio la vida, la cortesana santurrona más vieja que todos los muertos, que se muera de rabia oyéndonos y creyendo que seguimos vivas, representando, viviendo la vida airosa, María de los Ángeles, amante, helada, esquiva, que hasta la Muerte se quede dudosa si la representas como muerta o si la padeces como viva.

> *Se detiene un instante, con un aire de victoria.*
> *Exclama:*

"Aquí yace la púrpura dormida".

> *Se acerca poco a poco, sin darle la espalda al*
> *proyector, a la puerta. Sus palabras, todas ellas*
> *títulos de películas, son sofocadas por los diálo-*
> *gos, que al contrario van creciendo en volumen,*
> *de las voces en la pantalla.*

Resurrección... Río Escondido... Wonder Bar... Mare Nostrum... Evangelina... Juana Gallo...

Los amores de Carmen... La escondida... In Caliente... Miércoles de ceniza... La casa chica... Vértigo... Flor de Mayo... La Malquerida... La Paloma... French Can-Can... El poder y la gloria... Amok... La otra... Lancer Spy... Corona Negra... Madame Du Barry... Mesalina... Doña Diabla... Los héroes están fatigados... El monje blanco...

DOLORES *se apoya contra la puerta.*

Resurrección.

> *Cuelga la cabeza tristemente y se dirige como por costumbre al mismo lugar que ocupaba al principio de la pieza. Toma su lugar junto a la mesa colonial y se inmoviliza, mirando fijamente al público mientras la música de "Orquídeas a la luz de la luna" se insinúa por encima de los diálogos de las películas, hasta ahogarlos. MARIA, lentamente, como un fantasma, se incorpora, se arregla el pelo, se ajusta el vestido y se dirige al vestidor. Ella también se inmoviliza de frente al público, la mirada fija.*
>
> *Todo cesa súbitamente. La música. Las películas. Las voces. Las luces se apagan.*

FIN

Impreso en el mes de noviembre de 1988
en Talleres Gráficos DUPLEX, S. A.
Ciudad de la Asunción, 26
08030 Barcelona